KB078800

SEASIDE IN KOREA

바다는 쉬지 않고 움직이고, 견디면서 변화한다.

The sea moves, endures, and changes without rest.

혼자 보기 아까운
우리나라 바닷가

이성구 글·사진

SEASIDE IN KOREA

좋은땅

KOREA

SEASIDE IN TRECKING

바닷가 트레킹을 하면서 멋지게 찍었다고 생각되는 사진을 SNS에 올리면 "예술이네요. 사진집 한번 내시지요"라며 극찬을 하는데 그때마다 진짜가 아니라는 것을 뻔히 알면서도 은근히 기분은 좋았다.

바닷가 여행을 마치고 사진을 정리하다 보니 문득 혼자 보기 아까운 사진들이 하나둘 모이면서 욕심이 쌓여 책을 내라는 말만 슬쩍 골라 챙긴다.

미사여구를 찾는 것이 비경을 찾아다니는 것보다 훨씬 어려운 것이 나에게는 당연하니 읽는 책이 아니라 보는 책을 만들어 보자며 짧고 간결하되 반드시 재미 아니면 정보를 쉽게 전해야 한다는 콘셉트를 정했다.

혹한의 설산에서 길을 잃었을 때 앞서간 사람의 발자국이 나를 인도했듯 책장을 넘기며 고개를 끄떡이는 단 한 사람이라도 있다면 좋겠다.

■ 백도, 강원도 고성군 죽왕면 문암진리 산20

바다로 간 까닭

첫 번째 개인전은 '한국의 미'라는 주제로 열었고 그 후 한국의 힘, 한국전쟁 등 줄곧 작품의 테마를 설정하고 전시회를 했다. 제9회 어머니전을 준비할 때부터 다음 작품전은 풍경화를 주제로 하겠다고 마음에 두고 이미 우리나라 바닷가를 걷고 있었다.

풍경화를 주로 그리는 작가들 중에는 바다 풍경 그리기가 가장 어렵다는 작가들이 많다. 나도 바다를 몇 점 그려 보았지만 수평선과 하늘이 주제가 되다 보니 하늘은 푸르고 바다는 파랗든지 새파랗든지 그게 그거같이 단순하고 형태는 밋밋하다. 고작 구름과 배 몇 척이 작품에 끼어들어도 역시 바다는 넓고 하늘은 높았다. 그래서 무심코 지나쳤을 하늘과 바다 사이 공간에 또 다른 그 무엇을 찾기 위해서 해안가를 뒤져 볼 생각을 하며 무작정 바다로 갔다.

처음에는 스케치 여행이라는 핑계로 바닷가를 몇 군데 기웃거리듯 둘러보다가 기왕이면 스케치 소재도 얻으면서 아내와 함께 못 한 여행을 하며 천천히 한반도의 바닷가를 트레킹하자고 생각했다.

언젠가 해 보겠다거나 죽기 전에 해 보겠다는 버킷리스트에 있던 것은 아니다. 불현듯 생긴 호기심과 욕망이 함께 부추겨 졸지에 작정하였다. 의욕이 생긴 것은 기회가 생긴 것이라지 않는가? 목적지와 코스를 정하되 여행이 자유롭도록 시간은 정하지 않고 우선 출발점을 최북단 백령도로 정했다.

코리아 둘레길은 우리나라 외곽의 길들을 연결해 조성한 총 4천544km 길이다. 서해안 서해랑길, 남해안 남파랑길, 동해안 해파랑길로 이뤄졌지만 해안가를 피해 내륙으로 들어온 길이 많아 나는 새로운 길들을 찾았다.

오른발은 바닷물에 담그고 왼발은 백사장을 밟듯 바다에 바짝 붙어서 서해안의 수많은 섬들을 두루 거쳐 남해안을 지나 부산 오륙도에서 동해안을 따라 고성 통일전망대까지 가는 거다. 단지 좋은 곳을 찾아 구경하고 맛집을 찾는 여행이라면 아마 며칠 못 갔으리란 생각이 들었다. 어디 있는지 모를 작품 소재를 찾는다는 목표가 있어 시간이 얼마나 걸리더라도 발 닿고 힘닿을 때까지 한반도 반 바퀴를 낱낱이 뒤지자는 의지를 지탱해 주었다.

　사유지와 큰 산업단지가 외부인이라고 가로막아도 일단 시도를 해보기도 하고, 인가가 없는 곳에서는 식사 대용식으로 때우다 보니 제대로 된 식사는 거의 저녁 한 끼밖에 못 하는 어려움도 있었다.

　어른들이 내게 역마살이 낀 녀석이라는 수식어를 달아 줄 정도로 까까머리 학창 시절부터 거의 무전여행에 푹 빠져 전국의 산과 바다를 돌아다니며 방학이란 방학은 전부 여행으로 소진하여 이런 여행에 익숙한 편이었다.

마치 무엇을 보고 죽느냐가 삶의 궁극적 가치이고, 세상에 태어난 이유가 세상 구경인 양 정신없이 많이도 돌아다녔다. 머리칼이 허옇게 변해도 사람은 변하질 않는다는 것을 입증이라도 하듯 지난해에 3년 7개월간의 바닷가 여행을 마친 지 몇 달 만에 에베레스트 트레킹을 다녀온 나에게 형님께서 "이젠 제발 집에 좀 있어라"라는 잔소리를 하기도 했다.

나이가 든 후에도 주말마다 이 산, 저 산 오르다가 산림청 지정 한국의 100대 명산도 완등했다. 그 후 작업실과 가까운 운길산 100번 등정목표를 서너 번 남겨 놓고 마치 썰물에 쓸려가듯 바닷가로 가게 된 것이다.

우리나라는 여행지를 정하지 않고 무작정 집을 나와 어디든 가다 보면 바다를 만난다. 바다는 거칠지만 다정할 땐 엄청 다정하다. 바다가 가까워지면 마중이라도 나온 듯 반갑게 밀려온다. 때론 조용히 때론 요란하게 다가와 이미 벅차기 시작한 가슴에 와락 안긴다.

작품 사진 아닌 기록 사진

바닷가를 걸어 해파랑길 영덕 블루로드에 이르면 핸드폰의 지도를 보며 인증 스탬프 박스를 찾는 둘레길 트레커(Trekker)들을 자주 마주치는데, 트레커들이 스탬프를 찍을 때 나는 사진을 찍겠다는 생각으로 먼 바다와 해변을 카메라와 눈에 담았다.

DSLR 카메라는 너무 크고 무거워서 가볍고 주머니에 쏙 들어가는 일명 똑딱이 카메라 석 대와 핸드폰 그리고 소형 동영상 카메라를 들고 나섰다. 트레킹 내내 동반한 디지털카메라들로 1,100기가를 찍었는데, 사진 1,000컷은 내 카메라 메모리카드로 3.7기가가 소용되었으니 총 30만 장가량 찍은 셈인데 중복된 것을 빼도 20만 장 이상을 찍었다.

하늘이건 바다건 보이는 풍광마다 마구 셔터를 눌렀다. 빛의 변화로 기회를 놓칠세라 혹은 어민들의 포즈를 놓치지 않으려고 걸어가며 한 손으로 셔터 누르기 급급했지만 때로는 오래 기다리기도 했다. 일몰을 기다리고, 일출을 기다리고, 어선의 출항이나 여객선의 입항을 기다리면서 100% 완전 자동 모드로 설정된 카메라로 작품 사진이 아닌 기록 사진을 찍은 것이다. 찍은 사진은 열흘에 한 번, 보름에 한 번 집에 와서야 확인한다.

내가 자연의 모습을 만든 것이 아니라 내 앞에 전개된 자연을 주워 담으면서 선착장 부두와 어촌마을의 모습들이 훗날 누군가에 의해 사료가 될 것도 기대하면서 찍었다.

찍은 사진 중에서 고르고 보니 혼자 보기 아까운 사진이 정작 사용할 사진보다 열 배가 훌쩍 넘었다. 그러나 몇 가지 기준을 세운 후 책의 두께를 고려한 350여 컷을 선정하여 가급적 트레킹 순서대로 지형을 따라 나열했다.

캡션의 마력

사진 설명(Caption)은 위치를 알리는 것이 가장 중요하지만 주소만 달랑 써 놓으니 보기에도 무언가 허전하고 실제 장엄한 대자연에 대한 예의가 아닌 것 같아 미안한 생각이 들지만 선정한 대부분의 사진들은 오지라서 정보가 거의 없고, 명승지는 자료가 방대한 만큼 관심이 없을 것 같았다.

공간을 메우려 고심하며 레이아웃을 구상해 보니 석 줄 정도의 글이 필요하여 언감생심 바다의 생각과 갈매기의 이야기, 파도 소리의 의미들을 내가 통역해 보자며 석 줄로 써 내려갔다.

바닷가를 돌다가 내 머리가 돌았는지, 뵈는 게 없어졌는지 바다와 대화가 될 것 같은 실로 엄청난 오만함이 생겼다. 오만이라기보다 큰 오산이며 오산마저 실력인 줄 착각을 했다. 착각 속에 쓴 어이없는 글들은 고치는 것이 처음보다 더 어려웠다. 그래도 해야 한다는 강박관념에 고통을 당하기도 했는데 작가의 거룩한 고뇌가 아닌, 그냥 허접하고 볼품없는 아픔이다.

고심 끝에 이 프로젝트의 주인은 나라는 것을 새삼 깨달았다. 내가 보고 내가 찍어 내가 고른 사진이니 내 생각과 나의 주장을 글로 만들면 그만 아닌가? 그리고 사진과 글이 서로 보완 작용을 한다는 캡션의 마력을 잠시 잊고 있었다.

또한 내가 문인이 아니라는 것이 지금 얼마나 큰 다행인가.

포말 속에서 내가 바둥대던 시절을 소환하여 그 시절을 살고 있을 이들에게 건방진 메시지도 담았다. 그리고 나를 스쳤던 많은 사람들의 모습을 한 명씩 떠올려 대신 원망도 전하고, 바다 혹은 구름 속에 가족과 친구들의 울음과 미소도 섞어 비유도 하였다. 할 말이 없으면 지난해 커다란 수술을 마치고 난 후 남기고 싶은 나의 지난 이야기들을 허공에라도 남긴다는 욕망으로 한 컷, 한 컷 채웠다. 소리를 지르기도 하고, 속삭이기도 하면서 30분짜리 사연도, 30년 사연도 석 줄에 담았다.

　작가들은 찰랑거리는 물결을 보며 시를 쓰고, 갈매기 울음소리를 이야기로 만들지만, 나는 기적 같은 자연을 보면 언어적 느낌에 앞서 시각적 표현이 먼저 와 박히기 때문에 소박한 글 겨우 석 줄 만들기가 버겁다. 더욱이 글의 무게는 제목이 절반이라는데 제목의 전부는 고유명사일 수밖에 없다.

　그러나 한 사람의 삶을 통해 한 획이라도 자신을 비춰 보거나 가치 있는 하나의 정보가 된다면 더할 나위 없고 이 글을 읽는 사람들은 내가 쓸 때처럼 힘들이지 않고 쉽게 읽어 주었으면 좋겠다.

　이제 내 나이가 인생의 대작을 그릴 만큼 시간이 충분하지 않으니 마음을 비우고 남은 시간 동안 농밀한 인생을 그리려 한다.

　혹여 내 앞에 펼쳐진 작은 화폭에 헛된 욕망과 허황된 꿈으로 꽉 차 여백이 없어 아무것도 그릴 수 없을 때 다시 바다로 갈 거다. 세월이 더 흘러 미미한 여력이 남아 있을 때 엉금엉금 기어 나와 하늘과 바다 위에 지난날을 그리며 잠들리라.

■하나개 해수욕장, 인천광역시 중구 무의동 산208

목차

■선대암, 인천광역시 옹진군 백령면 연화리 산256-1

우리나라 땅 북쪽 끝 섬 황해남도와 맞닿은 섬
백령도에서도 끝 두무진.

기암괴석 비경이 불러내는 비명을 삼키며
서쪽 끝에서 해안선 따라 남해안 돌아
동쪽 끝까지 가려고 여기서 첫발을 내딛는다.

■형제바위, 인천광역시 옹진군 백령면 연화리 산255

이 땅에 태어나고, 있어 주어 고맙다.
너희들 형제가 살아온 세월보다
더 오랫동안 여기에 있어 주렴.

■코끼리바위, 인천광역시 옹진군 백령면 연화리 1026-29

장산곶 굽이돌아 서성이던 코끼리야
수억 년 풍랑과 마주치며 견디다가
혹시 심청이란 효녀 애를 못 보았니?

■임진각, 경기도 파주시 문산읍 마정리 1360-44

임진각에 가면
그다지 자유롭지 않은 자유의 다리가 있다.

자유의 다리 건너 저편에는 이름도 서러운
돌아오지 않는 다리가 또 있다.
널문 다리였지만 포로 교환을 하며 새로 붙여진 이름이다.

사람들과 나는 돌아오지 못할 다리를 건너간다.
사람이 만든 시계와 달력에 밀려서, 혹은 끌려서
죽는 날까지 아침마다 새로운 다리를 건넌다.

다시 못 올 것을 아는지 모르는지
타는 갈증을 식히지도 못한 채
앞만 보며 돌아오지 못할 다리를 건너간다.

시간에 끌려와 죽는 건지 시간을 끌고 와서 죽는 건지는
눈 감을 때 즈음 알게 되겠지.

■임진각 철마, 경기도 파주시 문산읍 마정리

더 달리고 싶다 절규하며 주저앉아 70년.

철마는 철길보다 먼저 녹슬고

맺힌 한 배어 나와 피딱지로 성한 곳이 없구나.

■오두산 통일전망대, 경기도 파주시 탄현면 성동리 산51

북녘땅, 마주 보면 코앞인데

돌아서면 내 등 뒤.

세상에서 제일 먼 곳이 되네.

■갑곶돈대, 인천광역시 강화군 강화읍 갑곶리 1063

눈물 흘리며 떨어진 핏빛 단풍 낭자하고
갑곶은 가을 모른 채 겨울을 재촉하는데
낙엽 뒹군다고 내 마음 따라 뒹굴면 어떡하나.

■마이산, 인천광역시 강화군 화도면 흥왕리 산45

매일매일 특별한 날인 줄 모르고
매일매일 특별한 날을 기다리며
어제처럼 오늘도 그냥 흘려보낸다.

■보호수 4-9-20, 인천광역시 강화군 교동면 읍내리 280

너는 360년 온몸에 가지를 붙이고 살아도
춥다, 덥다, 무겁다, 옮겨 달라 투정 한 번 안 하고
몹쓸 가지 하나 없이 예쁘게도 늙었구나.

■거꾸로 된 집, 인천광역시 강화군 길상면 선두리 1058-24

나도 삶이 서툴 때는 잠시 삐딱했었지.
너는 동화책 속에 있더니 언제 뛰쳐나왔니?
지나는 이들 발 멈춘 채 너 따라 고개 기울잖아.

■석모도, 인천광역시 강화군 삼산면 석모리 18-7

'오늘'은 공짜로 받는 선물이 아니다.

어제의 성과에 따른 품삯으로 오늘을 받는다.

내일은 더 좋거나, 나쁘거나, 없을 수도 있다.

■을왕리해수욕장, 인천광역시 중구 을왕동 717-18

새우깡 하나로 얼마나 잔혹하게 길들였나.

제 순서 기다리는 을왕리 갈매기들 놀랍다.

다시는 놀리지 않을 거다. 새대가리라고.

■ 무의도, 인천광역시 중구 무의동 산208

잠을 자지 않고 꿈을 꿀 수 없듯이
모험하지 않고 꿈을 이룰 수 없어.

위험한 것은 아름답고,
아름다운 것은 위험한 줄 알면서
위험에 도전하는 젊음이 아름답다.

■ 무의도, 인천광역시 중구 무의동

주름 가득한 암벽을 보니 연세가 꽤 돼 보이시네요.
무서운 것 없던 내가 처음으로 늙어 감에 겁이 많이 납니다.
살아온 만큼 보일 테니 잘 늙어 가는 방법 좀 알려 주세요.

■ 마시안해변, 인천광역시 중구 덕교동 128-58

시커먼 갯벌에서 한없이 작게 보이던 저 아저씨.
눈 크게 떠 보니 아저씨는 눈부신 은가루 위를 걷는데
나는 늦여름 보내는 매미처럼 밤새워 훌쩍이누나.

■ 인천국제공항, 인천광역시 중구 운서동 3231-5

그 사람은 떠나고 이 사람이 온다.

여행하러 오는 사람, 여행하고 가는 사람.

오가는 이들 스치는 인천공항은 이승이다.

■ 인천대교, 인천광역시 중구 운남동 1792

하늘 끝 바다 끝에 인천대교 닿았다.

긴 다리 건너면 세계가 다 보여

바닷길 건널 때 마음은 벌써 하늘길을 간다.

■큰가리섬, 경기도 안산시 단원구 대부동 2098-1

고독은 고독을 무척 좋아하나 보다.
외로워하면 더욱 달라붙어 개기고
즐기려 하면 떠나는 청개구리 같은 놈이다.

■월곶포구, 경기도 시흥시 월곶동 1050

넓고 넓은 바닷가에 오막살이집 한 채는 철거됐다.
고기 잡는 아버지와 철모르는 딸도 떠났는데
말뚝망둑어 명당자리는 30층 빌딩이 차지했다.

■목섬, 인천광역시 옹진군 영흥면 선재리 산113

눈을 감아도 보이는 섬 하나가 있습니다.
눈을 감아도 보이는 한 사람이 있습니다.
올겨울에 그 사람과 그 섬에 갈 겁니다.

■선재도, 인천광역시 옹진군 영흥면 선재리 142-8

썰물이 쓸어가면
밀물이 가져온다.
가득히 채워 온다.

■십리포해수욕장, 인천광역시 옹진군 영흥면 내리 724-201

서어나무 친구들 떼로 몰려와
바닷바람 세차면 마을 감싸고
십리포로 사람들 불러 모으네.

■제부도, 경기도 화성시 서신면 제부리 190-332

축축한 내 영혼을 말려 주던 제부도.
미움 받는 것이 두려워 숨어들 때
때맞춰 기적처럼 바닷길도 열렸지.

■매향리항, 경기도 화성시 우정읍 매향리 945-22

포성 멈춘 매향리항 아산만 건너면 충청도다.
하늘에 흰 구름 둘둘 말아 바닷길 이어나 볼까?
지름길 나면 친구 보러 득달같이 달려가게.

■제2함대사령부, 경기도 평택시 포승읍

산하가 두 동강 난 걸로 모자라 천안함 두 동강 났나.
민심도 두 동강 나고, 저이들 가슴도 두 동강 났다.
어찌 국화꽃 한 송이로 쪼개진 영혼 이을 리야.

학창 시절 통통배 타고 만리포 피서 갈 때
아산만 갈매기 끼룩끼룩 울며 따라왔는데
오늘은 화물차들 빵빵대며 뒤따라온다.

■ 서해대교, 경기도 평택시 포승읍 만호리 570-1

■ 한진포구, 충청남도 당진시 송악읍 한진리 95-14

상록수 마을 포구에 노란 배, 파란 배 두 척인데
갈매기 두 마리가 한 배에 탔다.
죽어도 같이 죽고, 살아도 같이 살자 꼬드긴다.

■ 장고항, 충청남도 당진시 석문면 석문구석말길 72

마주 앉은 너희들은 참 좋겠다.

그립다 찾아갈 필요 없고

보고 싶다 부를 이유도 없잖아.

■ 왜목해변, 충청남도 당진시 석문면 교로리 844-16

너는 아니? 아버지의 땀이 바다 된 전설을.

너는 아니? 어머니의 사랑이 하늘 된 전설을.

너를 만든 부모가 천지(天地)인 것을 너는 아니?

■삼길포, 충청남도 서산시 대산읍 화곡리 1891

모두 잠든 사이 조물주 삼길포에 들러
새벽녘에 금가루 잔뜩 뿌려 놓고 가시었다.
배들이 황금 물결 가르며 와르르 따라간다.

■황금산, 충청남도 서산시 대산읍 독곶리 산230-2

아기 코끼리 엄마 찾다 찢긴 상처에서
오늘까지 피가 새어 나온다.
너도 울어서 나을 것 같으면 그냥 울어라.

■천리포해수욕장, 충청남도 태안군 소원면 의항리

잠 안 오는 것보다 꿈꾸는 것이 더 무섭던 젊은 날,
오늘보다 내일이 두려웠던 날들은 가고
인생 최고의 날 오늘 아닌가? 이제 맘껏 행복하시라.

■황새바위, 충청남도 태안군 소원면 파도리 130-40

모세의 기적이다 손 깨져라 박수 치는 사이,
기다려 주지 않는 바닷길은 다시 바다 되고,
기회 잃은 젊음은 미아 되어 오줌 지린다.

■청포대, 충청남도 태안군 남면 양잠리 1230-2

질주하는 것이 승리하는 방법이고,
바쁘게 사는 게 성공적인 삶이란 거
지금은 틀리지만 그때는 맞았어.

■마검포, 충청남도 태안군 남면 신온리 산176

집에만 있으려니 속 터질 것 같아
그리움 집에 두고 몰래 나왔는데
여기가 어디라고 따라와 속을 뒤집나.

■ 할미·할아비바위, 충청남도 태안군 안면읍 승언리 산27

힘들고 지칠 때 할아비바위 찾고
슬프다 투정할 때 할미바위 찾았다.
오늘 맘 놓고 울려고 꽃지에 왔다.

■ 운여해변, 충청남도 태안군 고남면 장곡리 산20-1

운여해변 황혼 바라보니 속이 미어져 오네요.
예술을 논하며 늙어 가는 모습 함께 그렸는데
우리들 황혼은 서로 다른 곳에서 저물잖아요.

■장삼포해변, 충청남도 태안군 고남면 장곡리

아카시아꽃 무진장 휘날리던 날 꽃벼락 함께 맞던
친구는 신과 약속한 만남의 광장으로 갔다.
불러도 울어도 내가 갈 때까지 오지 않겠단다.

■옷점항, 충청남도 태안군 고남면 고남리 1862-4

삶의 무거운 짐 잠시 내려놓고 싶은 곳.
기쁨보다 먼저 익힌 슬픈 상처도
슬그머니 바다에 담그면 금방 새살 돋는다.

■ 안면부상탑, 충청남도 태안군 안면읍 정당리 178-7

하늘에서 구름 타고 내려왔나.

산사에서 야반도주 내려왔나.

갯벌에는 자비로움 자욱하다.

■ 간월암, 충청남도 서산시 부석면 간월도1길 119-29

바다가 얼마나 좋기에 거기서 둥지 틀고 사시나요.

사연이 얼마나 깊으면 바다에 둥둥 떠서 사시나요.

극락이 얼마나 멀기에 바다에 암자 짓고 사시나요.

■간월도, 충청남도 서산시 부석면 간월도리

채워야 할 바구니 아직 비었는데
아주머니 한숨 소리 울음인 듯 처량하다.
화폭에 옮길 때 바구니 가득 채워 드릴게요.

■신두리, 충청남도 태안군 원북면 신두리 1414-1

너는 사라지고 싶어도 사라질 수가 없다.
사람들이 가만두질 않아
또다시 살려 내 이번엔 하늘을 날게 할 걸.

■학성리해변, 충청남도 보령시 천북면 학성리 560-29

외로움을 강요당하면 고독이 아니고 고립이다.

홀로 있고 싶어 홀로 있다면 고상하다 하지,

강요도 자의도 아닌 운명이라면 그게 고독이란다.

■갈매못성지, 충청남도 보령시 오천면 영보리 375-2

조물주를 도무지 이해할 수가 없습니다.

외아들인데 어찌 딱 한 번만 오게 하셨나요.

신의 한 수는 어디에 두셨나요?

■대천해수욕장, 충청남도 보령시 신흑동

백사장에 친구도 없고, 파도 속에 고향도 없다.
세상을 마주하고 혼자 가는 저 사람은
강한 사람 아니면 딱한 사람일 거야.

■죽도, 충청남도 보령시 남포면 월전리 843

오늘 친구 찾아온다고 잔일 서두르는데
죽도엔 아침이 펼쳐지기도 전에
행복이 지천에 쏟아져 나를 흠뻑 적신다.

하늘이 예쁘면 바다도 예쁘고
하늘이 화나면 바다도 화낸다.
그래서 하늘이 바다의 엉아다.

■죽산리, 충청남도 서천군 마서면 죽산리 산4-22

■선유도해수욕장, 전라북도 군산시 옥도면 선유도리

어제를 태워 없애느라 아침이 불타잖아.
켜켜이 쌓인 분노도 설움도 다 싸안고
오늘의 불 속으로 뛰어드는 거야, 신나게.

■망주봉, 전라북도 군산시 옥도면 선유도리 산23-1

유배 온 신하가 임금을 기리던 망주봉이
남편바위, 부인바위 합쳐 부부바위로 바뀌었다.
두 바위 이어 주는 작은 바위 아들일까, 딸일까?

■새만금, 전라북도 군산시 옥도면 야미도리 166

바다를 메워 새만금 만든 사람들 대단한데,
대단한 사람들 만든 조물주께서
사람 욕심은 못 메우겠다 고개를 절레절레.

■선유대교, 전라북도 군산시 옥도면 선유도리

초라하고 너더분한 서러움과
눈부시게 찬란했던 기억들을 함께 싣고
어이 남모르는 곳 찾아 떠다니나.

■계화포구, 전라북도 부안군 계화면 계화리 34-26

격랑에 그렇게 시달리고도 바다로 가고 싶단다.
육지는 지겹다며 한사코 바다로 가겠단다.
지 몸뚱이 부서진 줄 모르고 칭얼대는 애물단지.

■상록해변, 전라북도 부안군 변산면 도청리

슬펐던 오늘 하루, 후회의 하루,
엉망인 오늘 하루 말끔히 지우고
저 아이는 내일을 새로 그린다.

■곰소항, 전라북도 부안군 진서면 곰소리 848

곰소포구 아침 따라 배들 모두 바다로 갔다.
외로운 등대 맴돌며 요염한 갈매기 교태 부리는데
빨간 등대 두근두근 떠는 모습 물에 다 비친다.

■ 곰소염전, 전라북도 부안군 진서면 곰소리 1

끓는 태양 아래 하얀 보석 만들던 마법의 성,

세상천지에 살맛 내던 소금창고 빛바래 간다.

눈물 마르게 울며 닦아도 검게 퇴색되어만 간다.

■ 서해바람공원, 전라북도 고창군 심원면 만돌리 735-1

구름이 하얗다.

나도 하얘졌다.

구름아, 너 몇 살이니?

■법성포구, 전라남도 영광군 법성면 진내리 482-85

무질서한 것 같아도 지킬 건 다 지킨다.
제멋대로 울어도 부딪혀 다치지도 않는다.
갈매기 천국 법성포에 오면 봉황도 잡새가 된다.

■영광굴비, 전라남도 영광군 법성면 진내리 482-85

더 넓은 푸른 바다에서 만나자더니
다 글렀다. 법성포 고동소리 들린다.
높고 파란 하늘에서나 만나야것다.

■법성포구의 아침, 38.0cm×45.4cm, Oil on Canvas, 2023

■백바위, 전라남도 영광군 염산면 두우리 산37-1

백바위 하얀 것을 새가 똥 싼 거라고 우긴다.
내가 백바위를 직접 봤대도 바득바득 우긴다.
미친놈 설득하려다 내가 미쳐 버렸다.

■새원안뜰, 전라남도 무안군 현경면 용정리 515

씨앗을 기다리는 붉은 욕망의 땅이여
돌아오는 봄에 씨 뿌려 꽃 피우면
꽃향기 나비 불러 새 생명 만들겠지.

052

■천사대교, 전라남도 신안군 암태면 신석리 1-12

저 천사다리 건너온 것은 대단한 은총이다.
희고 큰 날개 달린 천사는 못 만나도
보석 같은 1004개 섬에 차례로 안겨 본다.

■천사의 집, 전라남도 신안군 암태면 기동리 680-2

천사대교 건너면 천사의 보금자리 만난다.
이들의 꿈과 낙원을 훔쳐보려 했지만
안 봐도 알겠다. 이곳이 바로 에덴인 것을.

■추포해변, 전라남도 신안군 암태면 추염길 5

끔찍한 충돌사고가 일어났다.
백사장에 소라가 기절해 있고
용의자로 수배된 파도는 섬 뒤에 숨는다.

■우각도, 전라남도 신안군 자은면 백산리 산332

산은 천년을 기다려도 한 뼘 다가오지 않는데
바다는 나를 보고 반가워 저만치서 달려온다.
기다림 하도 길어 백발을 휘날리며 달려온다.

■백길해변, 전라남도 신안군 자은면 자은서부1길 163

모래 위에 '사랑한다' 글 쓴 이들
지금도 서로 사랑하고 있을까?
내 친구는 바위에 새기고도 깨졌는데.

■해저유물발굴기념관, 전라남도 신안군 증도면 방축리 960-6

오래전 심술궂은 파도가 수장시킨 보물들
생애 모습 그대로 간직한 채 기지개 켜는데
보물들 놀랄까 예쁜 노을 구름 뒤에 숨는다.

바닷물 잠시 머물다가 대문 열고 달아났다.
스쳐간 바닷물 또다시 올 거라며
남문바위 넋 잃고 수만 년 대문 연 채 기다린다.

■남문바위, 전라남도 신안군 흑산면 홍도리 산62

■촛대바위, 전라남도 신안군 흑산면 홍도리 산62

세상이 미쳤는지 아, 몹쓸 사람들
남이 아플수록 더 열광한다.
쟤네들 제 살 깎으며 살아온 줄 알면서.

■독립문바위, 전라남도 신안군 흑산면 홍도리

데자뷔인가, 자메뷔인가. 익숙한 듯 낯설고
낯선 듯 익숙한 명작 중 명작이다.
독립문, 파리 개선문도 신의 작품 표절인가?

■홍도리, 전라남도 신안군 흑산면 홍도리 산62

바다에 가면 산에 가고 싶고,
산에 가면 바다 가고 싶다면
홍도에 가 봐. 없는 게 없으니까.

■ 서로 바로보기, Kevin van break 작, 전라남도 목포시 죽교동

한쪽은 자기가 피로 지킨 나라란다.

또 한쪽은 자기가 땀으로 이룬 나라란다.

눈물로 지켜 온 사람들 말없이 분루(憤淚)를 삼킨다.

■ 해양유물전시관, 전라남도 목포시 남농로 136

세상에 사라지는 것은 아무것도 없다.

묻혀도 태워서 뿌려져도 사라질 수가 없다.

인간은 지나간 것 들추고 끄집어내는 타짜다.

■갓바위, 전라남도 목포시 용해동 산86-24

이놈의 자식은 아들로 산 세월보다
아버지로 산 세월이 두 배나 더 기네요.
죽어서 바위 돼도 갓바위 부자(父子)가 부럽습니다.

■목포대교, 전라남도 목포시 죽교동 695-5

사람들의 마음 정말 알 수가 없다.
세월이 너무나 빠르다고 느리게 살자더니
더 빨리 가려고 틈만 나면 다리를 놓는다.

■화봉리해변, 전라남도 해남군 화원면 화봉리

하늘에 먹구름 드리우고 컴컴해진다.

북서풍 바람 차고 물결도 높아진다.

허튼짓 말라 눈 흘기니 바다가 콧방귀 뀐다.

■무고리, 전라남도 해남군 문내면 무고리 1051-1

예쁜 집 수북한 무고리 바닷가 마을.

꽃샘바람 집집마다 창문 두드린다.

테라스에 봄을 잔뜩 놓고 간다고.

■임하길, 전라남도 해남군 문내면 예락리 1299-2

시시각각 오색영롱 바뀌는 보물섬은

해가 갈수록 반짝이는데

세월에 짓눌린 내 몰골은 갈수록 가관이다.

■서해랑 2코스, 전라남도 해남군 현산면 백방산길 324

산길 삼백 리 흘러 계곡 알 만하니 강으로 가라네.

강 따라 삼백 리 흘러 강 알 만하니 바다로 가라 하네.

가라는 대로 가는 물, 너는 역시 물이로구나.

■충무사, 전라남도 해남군 문내면 우수영안길

우수영 안길 동자가 충무사 영당을 지난다.
가여운 이 땅 저 위에 먹구름 걷으시려
장군께서 명량대첩비 타고 환생하셨나 보다.

■진도대교, 전라남도 진도군 군내면 녹진리 산4-3

간신이 말아먹은 칠천량 수군의 울음소리.
요란한 으름장으로 들리는 격전지 울돌목.
진도대교는 12척 군함의 기적 같은 승전탑이다.

■팽목마을, 전라남도 진도군 임회면 연동리 1024-7

조용한 팽목마을 우람했던 팽나무야
사람들이 털어 갔나, 바람이 쓸어 갔나.
사람들 바람 따라 오가니 봄 채비나 하시게.

■뽕할머니, 전라남도 진도군 고군면 회동리

하늘이 우는지, 호랑이가 우는지
하늘에서 으르렁, 땅에서 으르렁.
이제 곧 바다가 갈라지려나 보다.

■옥매산광산, 전라남도 해남군 황산면 옥동리 414-3

옥매산 명반석 창고 앞에선 망각도 맥을 못 춘다.
살을 에는 슬픔이 고드름처럼 주렁주렁 달려 있고
벽에는 통한의 흑역사가 눈물 되어 흐른다.

■증도, 전라남도 해남군 송지면 송호리 199-25

사람들은 바다에 길이 나야 기적이라지만
내가 지금 이 광경을 보는 것만도 기적이다.
뿐이랴, 증도에서 어서 오라 손짓까지 한다.

■땅끝마을, 전라남도 해남군 송지면 송호리 1127

인연이 끝난 사람은 다시 오지 않아도
이 땅에서 끝은 곧 다시 시작하는 곳이다.
땅끝에서 젖은 영혼 말리고 내일 다시 떠난다.

땅끝

땅끝마을에서 서쪽 산허리를 따라 1km쯤 걸으면 땅끝탑이 서 있다. 이곳이 우리나라 땅의 끝 지점이다. 이곳은 서해안과 남해안이 만나는 곳이며 바다와 육지가 처음 만나는 곳이다. 강화도 평화전망대와 함께 서해랑길 1,800km의 시작과 끝이며, 남파랑길 1,470km의 시작이며 끝이다. 해파랑길 750km와 비교하면 서해랑길은 백령도, 안면도, 새만금 등을 빼고도 둘레길 중 가장 긴 코스다.

끝은 언제나 또 다른 시작이었고 이 시작이 언제였는지도 잊은 채 3분의 1을 더 지나왔다. 포기도 용기라며 반드시 끝까지 가는 것이 과연 옳은 것인가가 시험대에 오르기도 하지만, 나는 안다. 포기가 훨씬 더 많이 아프고 오래간다는 것을.

■안평방파제, 전라남도 해남군 북평면 서홍리

먼 데 물 가까운 불 못 끄고(遠水不救近火)
먼 친척 가까운 이웃만 못하니(遠親不如近隣)
난 멀리 있는 큰 섬보다 가까이 있는 작은 섬이 좋다.

■청해포구, 전라남도 완도군 완도읍 청해진서로 1161-8

아~
진짜
행복하고 싶다.

068

■몽돌해변, 전라남도 완도군 정도리 구계동

구계동 몽돌해변에 보석이 쫙 깔렸다.
어린애가 쌓은 감시탑 부릅뜬 눈 마주쳐
몰래 주운 몽돌 들었다 놓는다.

■신지도, 전라남도 완도군 신지면 신지로 1220-124

엊저녁 홀로 있던 배에게 큰 배 다가와
마주 보고 기울여 밤새 끈적이고도
행복 욕심 그칠 줄 몰라 해 뜬 줄도 모른다.

■ 약산도, 전라남도 완도군 약산면 득암리

바다는 갈매기 없음을 서운해하지 않고
갯벌은 알몸을 밟아도 서운해하지 않으며
할머니 못다 채운 바구니 서운해하지 않는다.

■ 당목항, 전라남도 완도군 약산면 해동리 737-3

곁에 있어 고마웠고 함께 있어 행복했다.
삐걱대도 풍랑 잘 견디며 한세상 잘도 살았으니
다음 생에는 끝이 없는 사랑 하자며 두 손 꼬옥 잡는다.

070

■ 가래방파제, 전라남도 완도군 약산면 장용리 347-4

죽는 것이 아무리 두렵대도
죽지 않고 영원히 산다고 생각해 봐.
죽음보다 더 소름 끼치지.

■ 월송대, 전라남도 완도군 고금면 덕동리 699

1598년 11월 19일,
하늘은 이 땅을 두고 장군을 데려가시었다.
이순신 장군 83일 누우셨던 피눈물 배인 붉은 흙.
한 서린 월송대 소나무 잎 사이로 달빛 쏟아진다.

■ 부곡리, 전라남도 완도군 고금면 부곡길

백설이 하얀들 너만큼 희겠니.
어두운 기억일랑 새하얗게 지워 달라고
먼발치서 네 빛 따라 예까지 달려왔다.

■ 연동방파제, 전라남도 완도군 고금면 농상리 775-12

겨울바다 멀리서 들려오는 어부들 소리
노래로도 들리고 신음인 듯 차갑기도 하다.
봄은 아직 먼데 천지마저 창백하구나.

■ 사동 김양식, 전라남도 완도군 약산면 득암리 산138-12

썰물 때는 햇빛 먹고
밀물 때는 물 마시며
익어 가는 숨소리 들린다.

■ 자라섬, 전라남도 장흥군 용산면 상발리 산217

빈 바구니 이고 자라섬 간 아주머니.
바구니 채울 동안 바닷물 먼발치서 기다려 준대도
이 세상 전부 머리에 이고 아가에게 달려간다.

■천년학 세트장, 전라남도 장흥군 회진면 회진리 1740-1

눈먼 한을 삭힌 통곡 소리 서편제 소리에 엉킨다.
배신당한 송화는 천년학 되어 날아가고
한 서린 소리, 곪아 터져 담벼락 비집고 새어 나온다.

■명교해수욕장, 전라남도 보성군 회천면 벽교리 520-11

아침에 혹시 그 사람 또 오거들랑
밤새워 울며 그린 내 마음 펼쳐 주셔요.
혹시 아나요, 그이도 날 보고 싶어 할는지.

■ 율포해수욕장, 전라남도 보성군 회천면 동율리

영혼까지 지쳤던 바로 그때 내 곁을 떠났다.
미워할 힘도 없이 세상을 허우적대다
이제 겨우 기어 나왔는데 사랑은… 제기랄.

■ 순천만갈대숲, 전라남도 순천시 해룡면 선학리 755

순천만 갈대들이 절대로 넘어지지 않는 건
서로서로 손잡아 주기 때문인 걸 애들도 알아
바람 불면 손에 손 꼭 잡고 걸어갑니다.

프로들은 뭐가 달라도 다르다.
카메라가 전문가용이라는 것뿐 아니고
트라이포드를 사용하는 것뿐 아니다.

해가 지자
아마추어들은 썰물에 쓸려 가듯 사라지고
프로들은 캄캄해져도
그 위치에서 꼼짝 않고 뭔가를 기다린다.

더 좋은 작품을 기대하며 해가 진 후에
철새가 더 많이 날기를 기다린단다.

■용산전망대, 전라남도 순천시 해룡면 농주리 476-1

행여나 길 잃을세라 날개를 마주 대고 순천만을 건넌다.

한 방울, 두 방울 기러기 떼만큼 눈물 떨구면서

눈시울 빨간 건 순천만 노을이 빨개서라고 에두른다.

■순천국가정원, 전라남도 순천시 국가정원1호길 47

구름은 하늘에서 생겨 하늘에서 사라지고
파도는 바다에서 생겨 바다에서 사라진다.
만물은 태어나고 자란 그곳에서 사라진다.

■드라마촬영장, 전라남도 순천시 조례동 40

정답던 것 하나둘 잊혀진다.
내일은 또 무엇이 버려질까.
무엇이 또 세월에 묻히려나.

■드라마촬영장, 전라남도 순천시 조례동 40

다들 그랬는데 나만 그랬다는 몽니로는
아무리 가져도 허전함을 채울 수 없지.
원초적 죄악은 거기서부터 싹튼다네.

■와온공원, 전라남도 순천시 해룡면 상내리 816

어제는 섬들 사이를 새빨갛게 헤집더니
오늘은 일찌감치 구름 뒤에 숨어 버린다.
나오너라. 석양 없는 와온이 와온이더냐.

■뻘배, 전라남도 순천시 별량면 학산리

한낱 나뒹구는 널빤지 같아도 내가 뻘배란다.
이래 봬도 나 아니면 안 된다는 분도 있다네.
내게 기댈 사람 있다면 이거 성공한 삶 아니겠어?

■장선도, 전라남도 고흥군 대서면 안남리 산235

반짝이는 은물결 위 갈매기가 난리다.
나는 지금 별난 여행하며 행복한 중이니
이제 그만 떠나게 잡은 발 놓아 주렴.

■ 장선노두길, 전라남도 고흥군 대서면 안남리 1474-9

봉두산 내려와 노두길 외나무다리 건넌다.
산을 도려내어 바다에 까느라
얼마나 많은 나무들 얼마나 아파 울었을꼬.

■ 소록대교, 전라남도 고흥군 도양읍 소록리 산107

아기 사슴 뛰놀던 작은 섬 소록도.
손가락질보다 더 아픈 나환자의 죄목 없는 유배(流配).
100년 고인 눈물 섞여 소록도 바닷물 별나게 짜다.

■녹동, 전라남도 고흥군 금산면 신촌리 산92-1

어젯밤 밤비 멎고 오늘부터 봄이다.
장작 타는 소리에 얼음 녹는 소리 가깝고
물 들어 오기 전 조개 줍는 손 바쁘다.

■용도, 전라남도 고흥군 금산면 신평리 산167

파도가 호되게 끌어안아 허리가 패였구나.
깊게 깎인 상처에 짠물 닿아도 울지 않은 너.
사랑이 스친 흔적이라 해도 픽이나 애처롭다.

082

■한센인 추모공원, 전라남도 고흥군 도덕면 오마리 179-4

330만 평 일구며 얻은 땅 겨우 요깟 눈물의 언덕뿐이더냐.

보리피리 닐리리 불며 고독 달래던 한하운 시인의 절규,

사람 사는 세상 그리워 외치는 비명 소리. 아, 소름 돋는다.

■남촌 휴양지, 전라남도 고흥군 풍양면 풍남리 1199

바다가 뒤집어져 미역이 떠밀려 왔다.

어린 미역 목이 타고 말라 가는데

어민은 속이 뒤집어져 통곡도 못 한다.

■열녀 송 씨, 전라남도 고흥군 도화면 발포리 547-45

기다리는 것이 죽음보다 더 아프다던

진명의 열녀 송 씨 부인.

여린 영혼 안고 아직도 우암 절벽 서성인다.

■발포해변, 전라남도 고흥군 도화면 발포리 89-1

세 잎 클로버야, 다행인 줄 알아라.

너 네 잎이면 지금 누구의 책갈피에서 말라 가고 있겠지.

이제는 그냥 토끼풀로 살거라.

084

■나로도, 전라남도 고흥군 봉래면 신금리 1163-1

누구에게나 주어진 여생.

누구에게는 길어도 짧고

누구에게는 짧아도 길다.

■딴섬, 전라남도 고흥군 동일면 덕흥리 산245

이별도 망각을 세월 속에 감추고 있대도

혼자는 무섭다며 돌다리로 엮는다.

딴섬 건너는 디딤돌이 바닷물엔 걸림돌인데.

팔영산 올라 나로도를 바라본다.
미지의 섬 중에 선택된 작은 섬.
우주정거장에 햇빛이 내린다.

■ 팔영산, 전라남도 고흥군 영남면 양사리 산167-13

■ 꼭두녀, 전라남도 고흥군 봉래면 외초리 산316-1

나로도 맨 끝에 꼭두녀가 살고 있다.
인공위성 언제 발사할지 몰라
수억 년 고개 바짝 들고 기다린다.

■사도진해안, 전라남도 고흥군 영남면 금사리 산107-3

낙엽 지면 가을이고, 눈이 오면 겨울이제.

이깟 놈 추위가 대수더냐.

서울 사는 애 이번 설에 애덜 델꼬 온다드만.

■거북섬, 전라남도 고흥군 영남면 남열리 1242-13

아름다움만 고르고 골라 잔뜩 품은 거북섬.

내 몸 밖으로 튕겨 나가려던 분노도 정박당한 곳.

내가 홀딱 반한 나의 케렌시아(Querencia)다.

■몰암도, 전라남도 고흥군 영남면 남열리 산215-1

아직 알려지고 싶은 마음 있다면

아직 관심 받지 않는 자유로움과

아직 주목받는 고통을 몰라서 그래.

■사자바위, 전라남도 고흥군 영남면 남열리 산75

오늘도 제 것이고 이 세상도 제 것이라고

절실하지 않으면 기도도 하지 않겠다더니

오늘따라 사자답지 않게 몸을 잔뜩 움츠렸다.

■ 용바위, 전라남도 고흥군 영남면 우천리 산146

발사대 로켓은 카운트다운을 기다리고
아저씨는 물고기 입질을 기다리는데
왜 시간은 기다릴 기색이 조금도 없지?

■ 백일리, 전라남도 고흥군 과역면 백일리 산913-1

기쁘면 웃고, 슬프면 소리 내어 울면서
할 만큼 했으니 이제는 살 만큼 살다가
다가오는 대로 그날을 맞으리라.

■망월로 수문, 전라남도 고흥군 남양면 망월로 674-22

짱뚱어 파닥이는 소리 간데없이 아침 깔리고
이따금 갈매기 날갯짓 소리만 들리는데
황금빛 햇살 덮은 망주산 자락 타고 노다지 쏟아진다.

■오천리, 전라남도 여수시 화양면 이천리 223-1

우산도 비옷도 소용없는 강한 비바람이 분다.
기다리면 바람은 지나가고 태풍도 머물지 못한다.
강하고 센 바람일수록 지나가는 속도도 빠르다.

■벌구방파제, 전라남도 여수시 화양면 이목리 1415-5

발 동동 구르며 우는 척 좀 하지 마라.
너는 내일 되면 떠날 희망이나 있지,
내 마음 풀어 줄 사람은 십 년째 기별도 없다.

■문여 월전등대, 전라남도 여수시 남면 화태리 산182-1

비비고 엎치고 덮치더니 할퀴고 때리누나.
하얀 살에 박힌 멍이 보라색 붓꽃으로 보이더냐?
사랑한다는 핑계로 죄짓지는 말아야지.

■소호해변공원, 전라남도 여수시 소호동 498

사랑합니다, 감사합니다.
겨우 이 고리타분한 두 마디가
행복을 부르는 진리였는데….

■화태대교, 전라남도 여수시 돌산읍 신복리 1111-19

이편저편 연결된 다리처럼 이승, 저승도 연결됐어.
살다가 가는 의미를 뚜렷하게 완성하려면
이제는 죽음도 삶처럼 동등하게 생각해야 해.

■작금항, 전라남도 여수시 돌산읍 금성리 산3-1

거센 파도가 미치도록 울어 대며 달려든다.

하늘 깨질 듯 소리 질러 겁주지만

빨간 등대 끄떡없고 외려 파도가 기절한다.

■금성방파제, 전라남도 여수시 돌산읍 금성리

별 가지고 놀다가 바다에 빠트렸나 보다.

참 어이없네. 하늘도 실수를 하다니.

쉿, 놀리지 마라. 잠시 후면 해도 바다에 빠진다.

■돌산도, 전라남도 여수시 돌산읍 금성리 산207-1

빨리 늙거나 천천히 늙거나 이만 허문 되얏다.
이제 남은 시간은 아픔마저 소중하구나.
사나운 겨울비에 할아버지 한숨 소리 섞인다.

■오동도, 전라남도 여수시 수정동 1-2

꽃은 헤어지기 서러워 빨간 채 떨어지고
벌거벗은 동백나목 소리 없이 흐느낀다.
그리움이 북받쳐 꽃도 나무도 눈물범벅 되었네.

■엑스포공원, 전라남도 여수시 수정동 777-2

두 번째 갈채란 거 없는 줄 잘 알아.

너더분하게 기억되기보다 멋지게 잊혀 가는 너더러

어두울수록 반짝이는 별들이 '짱'이라며 엄지 척!

■이순신대교, 전라남도 여수시 묘도동 9

광양 땅, 여수 땅 여미어지는 이순신대교.

거북선 화약 연기 흩어지고

치열하게 살아온 이들 땀 냄새가 향기롭다.

■배알도공원, 전라남도 광양시 태인동 1630-12

섬진강 오백 리 흘러 배알도를 스치더니

기다려 준 배를 못 본 체 찬연한 바다에 몸을 섞는데

정박당한 배의 외마디가 목에 잠긴다. 돌아와~

■무접섬, 전라남도 광양시 진월면 망덕리 845-1

망덕포구 전어축제 즐기러 무접섬에 올라와

죽을지 살지도 모른 채 펄떡이다가

제 살 태워 집 나간 매눌아그 모다 불러 모은다.

■용두암, 제주특별자치도 제주시 용담이동 483

승천의 간절함이 배신당해 쓰린 가슴.
얼마나 저몄으면 돌이 되어 슬픈데
철모르는 바닷새 깩깩대며 깐죽인다.

■비양도, 제주특별자치도 제주시 한림읍 금능리 1600-7

비양도 떠날세라, 등대가 애타고

등대가 변할세라 비양도가 초조하다.

누가 우는지 노을에 울음소리 섞였다.

■마라도, 제주특별자치도 서귀포시 대정읍 가파리

제일 끝에 홀로 있어 외로운 섬.

와도 그만, 말아도 그만이라지만

오늘도 줄창 뱃고동 소리 들린다.

■ 마라도, 제주특별자치도 서귀포시 대정읍 가파리

백록담엔 흰 사슴 물 마시러 오고

마라도 맑은 연못에는

뭉게구름, 새털구름 번갈아 풍덩풍덩

■ 송악산, 제주특별자치도 서귀포시 대정읍 상모리 130-6

천국은 죽어야만 가는 곳이 아닌가 봐.

나는 분명히 보았어.

저 사람, 천국의 문 열고 들어가는 것을.

■형제섬, 제주특별자치도 서귀포시 안덕면 사계리 3530-7

사계리 바다에서 형제섬 바라본다.

하늘엔 흰 고래 날고

상어 형제 수만 년 한자리를 맴돈다.

■용머리, 제주특별자치도 서귀포시 안덕면 사계리 112-3

내 이별의 상처 십 년도 안 됐는데

용머리 흉터는 억만년 지났단다.

언제라야 이 아픈 기억 다 아물려나.

■산방산, 제주특별자치도 서귀포시 안덕면 사계리 112

외로움이 설움과 조금도 엉키지 않고
한가로워 아름다운 네 모습을 보니
정녕 바쁜 만큼 불행하단 그 말이 맞아!

■천제연폭포, 제주특별자치도 서귀포시 중문동 2785-2

낙수 끊긴 웅덩이가 호수같이 잔잔하고
하늘 비친 물은 쪽빛 거울 같아
허울덩이 나를 보려 해도 반영이 없다.

힘들고 아픈 것이 젊음이라 들었어.
인생은 누구나 다 그런 거라고 믿었어.
그 거짓말이 내게는 큰 보약이 되었어.

■박수기정, 제주특별자치도 서귀포시 안덕면 창천리 914-7

■법환포구, 제주특별자치도 서귀포시 법환동 163-7

바다에 빠삭한 해녀들 물질 끝나면
고락과 애환 담긴
바닷속 이야기를 듣고 싶네요.

■외돌개, 제주특별자치도 서귀포시 서홍동 794

가까운 이 하나 없이 홀로 서 있는 외돌개야,

외롭다 아쉬워도 서러워 마라.

가까운 이에게 상처받으면 무지하게 아프단다.

■하효항 Anamorphic Mural, 제주특별자치도 서귀포시 하효동 999-3

상상력 키우라 했더니

상상력 키워 괜한 지 걱정을 키운다.

커진 걱정, 상상력으로 지우지도 못하면서.

■밤섬, 제주특별자치도 서귀포시 법환동 산2

닿소리 17개, 홀소리 11개 다 조합하고
제주 방언 다 모아 경연 벌여도
밤섬의 아우라를 뭐라 다 표현할 수 있나.

■섭지코지, 제주특별자치도 서귀포시 성산읍 고성리 186-2

아직 해설피 반짝이는데 어찌 떠날 길을 재촉하나.
너 떠나 텅 빈 해변엔 쓸모없는 해초만 밀려오고
내 영혼은 버려진 휴지처럼 추접스레 날아다니겠지.

■섭지코지 봉수대, 제주특별자치도 서귀포시 성산읍 고성리 62-4

불 꺼진 봉수대에 모두 다 떠나고
잊혀 슬프게 살아가는 전설 홀로 남아도
모진 바람 맞으며 불 지필 날만 기다린다.

■광치기해변, 제주특별자치도 서귀포시 성산읍 고성리 224-1

둘이서 사랑 나누다가 내게 딱 걸렸다.
적토마도 아닌 것이 저 자락 온몸 붉어졌다
버스에서 내린 아주망 못 본 체 지나친다.

■성산일출봉, 제주특별자치도 서귀포시 성산읍 성산리 92

누군 골프하기 좋다 하고, 누군 목장이 좋다 하고,
나는 누워서 낮잠 자고 싶다 하니
공평하게 아무것도 하지 말고 보기만 하라신다.

■하도포구, 제주특별자치도 제주시 구좌읍 하도리 22-22

새벽을 좋아하는 건 이제 아침이 될 테니까.
아침을 좋아하는 건 이제 오늘이 시작되니까.
오늘을 좋아하는 건 이제 어제와 다를 테니까.

■오저여, 제주특별자치도 제주시 구좌읍 행원리 1-90

갈매기 무리 지어 바다와 하늘을 섭렵하니
울지도 날지도 못하는 검은 가마우지 좀 봐라.
너희들 틈에 더불어 우는 체, 나는 체하누나.

■김녕해변, 제주특별자치도 제주시 구좌읍 김녕리 497

혼자인 삶이 두렵다면 나를 과감하게 믿어 보렴.
이 세상엔 나밖에 없다는 불안감이
이 세상에 나밖에 없다는 자유로움으로 바뀌지.

■함덕해수욕장, 제주특별자치도 제주시 조천읍 함덕리 산14

백사장에 끓는 사랑 너무 뜨거워

구름이 달려와 햇빛을 가린다.

심장이 멈출까 걱정된다나 뭐라나.

■닭머르, 제주특별자치도 제주시 조천읍 신촌리 3394-2

조금 전 하르방이 업고 내려온 두린 아이.

어느새 하르방 앞서서 올라간다.

두린 아이 아방 돼도 닭머르 억새풀은 여전하겠지.

길

　가는 길이 언제나 탄탄대로만은 아니다. 길이 막힌 경우도 있고 있던 길이 사라지기도 한다. 그러나 길이 막혀도 포기하지 않고 다른 길을 찾아 돌아가거나 작은 산을 넘어가 보면 늘 그렇지는 않지만 내가 보고 싶던 곳이 그곳에 있다.

예상치 못한 장애를 만났을 때 필요한
건 역시 믿음과 간절함이다. 숨어 있어 아
름다운 건지, 아름다워서 숨은 건지 몰라
도 믿고 가 보면 안기고 싶은 곳이 숨었다
가 두 팔 벌린 채 툭 튀어나와 보상해 준
다. 확률은 반이나 된다.

■정포리방파제, 경상남도 남해군 서면 정포리 1062-14

붙잡아도 세월 졸졸 따라 하나둘 떠난다.
사랑하던 것들 다 가고 혼자 남겠지.
아니면 초라한 자존심 나풀대며 내가 먼저 가든지.

■우미도, 경상남도 남해군 서면 정포리 1062-14

녹아 사라진다. 남근도 젖가슴도 엉덩이도
절절한 애태움도 영욕의 날들도 졸지에 멎는다.
뜨거울수록 좋다. 사랑하고 있어도 사랑하자.

■ 덕월리방파제, 경상남도 남해군 남면 덕월리 308-4

젊음의 번뇌를 알기도 전에 외로움을 알았다.

그놈, 누를수록 솟아나는 무서운 놈이다.

간특한 놈, 죽여 장례도 없이 묻어 버려야 한다.

■ 다랭이마을, 경상남도 남해군 남면 홍현리 848

물결무늬 일군 근면한 이들 축복인가.

산모의 자궁부 다랭이마을의 힘인가.

뿌리기만 하면 초록 생명이 싹튼다 하네.

이별이 사랑보다 아름답다고?
너 이별 당해 봤냐?
이게 누굴 바보로 아나.

■독일마을, 경상남도 남해군 삼동면 독일로 89-7

백의의 천사 시신 닦다 떨군 눈물,
타국 땅속 적신 젊은 광부의 땀방울
지금 독일마을 마당에 흥건하다.

116

■죽방렴, 경상남도 남해군 삼동면 지족리 1102-1

죽방렴 앉아 있던 물새들 다 날아가고
주인 기다리던 빈 배도 물때 따라 사라졌다.
농가섬 바라보다 어느새 나만 홀로 남았네.

■강진만로, 경상남도 남해군 이동면 초음리 2146

왔다가 가는 것이 너뿐인 줄 아느냐.
끼룩끼룩 우지 좀 마라.
잊힐 이름 석 자 남기고 나도 곧 간다.

■상남방파제, 경상남도 남해군 서면 작장리 915-4

지난날 건드려 안 아픈 이 어디 있어.
소용도 없는 지난 것들에 짓눌려 살지 말고
이젠 소중한 것에 몰빵하는 지혜가 필요해.

■감암방파제, 경상남도 남해군 설천면 노량리 558-13

장군의 마지막 전선, 이기고 숨진 노량 앞바다.
오늘따라 내 가슴 석양처럼 붉어지고
파란 바다는 붉은 피가 엉켜 보랏빛 여울목 되었네.

■율도, 경상남도 남해군 창선면 율도리

어젠 성난 듯 덤벼들더니 오늘은 웃으며 온다.

껌딱지 흰 구름일랑 하늘에 걸어 두고

율도 앞바다 호수인 척 별짓을 다한다.

■사포마을큰선창, 경상남도 남해군 창선면 광천리 548-5

갈매기 울음소리 그치면 물 빠지려나.

물때 기다리는 금쪽같은 휴식시간.

왜 하필 꽃샘바람 저들 살 속 저미는가.

119

■남해대교, 경상남도 하동군 금남면 노량리 828

막아서도 밤은 오고 화려해도 밤은 밤이다.

끝내 젊은 날들은 붉은 꽃처럼 떨어져

마르고 오그라들어 밟지 않아도 부서진다.

■장포항, 경상남도 남해군 창선면 진동리 195-3

그 사람은 늘 이겼다. 진 줄 알았는데 이겼다.

어려서는 지는 것이 겁나 죽어라 싸워 이겼고,

어른이 돼서는 지는 것을 겁내지 않아 이겼다.

■다맥어촌, 경상남도 사천시 서포면 다평리 1286-6

나 죽거든
철 따라 발 편한 신발 한 켤레 놔 주구려.
혹시 여기 다시 올지 모르니.

■비토도, 경상남도 사천시 서포면 비토리 206

투망의 파문이 순식간에 사라지듯
네 속에 있던 나는 번개처럼 잊었으면서
너는 아직 내 속에 남아 무슨 꿍꿍이짓이니.

■ 녹도항, 경상남도 사천시 늑도동 30-5

불가능에 도전하는 것이 포기보다 낫다며
어느 날 슬그머니 바다를 떠나더니
벌써 자기가 녹도항 등대지기 10년 차란다.

■ 삼천포항, 경상남도 사천시 동금동 579-5

라라랜드 찾으며 태운 젊은 시절은 연기 되어 사라지고
빌딩 사이 찬바람 피해 요리조리 양지만 찾다가
이제서야 햇덩이 보는 재미로 이러저러 살아간다.

■사량도, 경상남도 통영시 사량면 금평리 1087-8

지리망산 아랫마을 빨간 지붕 하얀 담벼락에
'좋아하는 바다 하나 품고 살라'는 시가 있어
얼른 주워 담았다네. 시도 담고 바다도 담고.

■지리망산, 경상남도 통영시 사량면 금평리 산87-38

바다에서 산을 보다 산에 올라 바다를 본다.
괜한 분노로 헝클어진 귀신 같은 내 영혼이 보인다.
먼지보다 작은 미물이 갈 곳 몰라 떠다닌다.

■노산공원, 경상남도 사천시 서금동 101-64

삼천포 아가씨 한동안 보이질 않더니만
바닷가 갯바위에 앉아 학수고대 처연하다.
가뭇없던 세월만큼 긴 사연 들어는 주려나.

■해녀, 경상남도 고성군 하이면 월흥리 산3-1

해녀가 잠수해 있을 동안
나도 함께 숨을 참아 본다.
몇 번 따라 하다 나 죽을 뻔했다.

■병풍바위, 경상남도 고성군 하이면 월흥리

사연 품고 돌 된 바위들 무수하다.
별나게 생긴 볼품 있는 바위들도
고락과 애환으로 호객하진 않는다.

■덕명리, 경상남도 고성군 하이면 덕명리 21-2

잠시 후 암사자와 수사자의 토너먼트가 벌어진다.
승자가 강아지와 붙는데 승부는 알 수 없다.
사람들은 거북이를 토끼보다 빠르게도 만드니까.

■공룡발자국, 경상남도 고성군 하이면 고성 덕명리

발자국 남기지 못한 공룡은 어땠을까?

죽어 갈 때 서운해했을까?

공룡도 제 삶을 후회하며 울었을까?

■상족암, 경상남도 고성군 하이면 고성 덕명리

공룡 발자국 따라 상족암 동굴로 간다.

이것이 자기들 마지막 발자국이 될 줄 알았다면

지금 고성 앞바다는 공룡 눈물로 출렁이겠지.

■박경리기념관, 경상남도 통영시 산양읍 산양중앙로 173

평사리 벌판에서 서희와 길상이 바라보며

빨간 구절을 다듬던 작가가

오늘은 용화산 아래서 빨간 고추 다듬는다.

■도남공원, 경상남도 통영시 도남동 645-3

지금 떠오르는 황금빛 저 태양 눈이 부시다.

삶이니 인생이니 그딴 거 탁탁 털어 버리고

내가 스스로 만든 울타리를 박살 내는 거야.

■이순신공원, 경상남도 통영시 정량동 628

천상에서 들리는 천사들의 합창을 들으며
오늘 나는 실컷 행복했으니
내일부턴 너희들이 행복할 차례다.

■여차방파제, 경상남도 거제시 남부면 다포리 52-5

하늘에선 와르르 봄이 내려오고
이 땅에 너와 함께 있으니
내겐 순간이라도 이토록 넉넉하구나.

■덕원해수욕장, 경상남도 거제시 동부면 가배리 14

토닥토닥 모래에 묻는다.
정을 담아 도란도란 미래를 묻는다.
어른 되어 찾으러 오자며 손가락 건다.

■신선대, 경상남도 거제시 남부면 갈곶리 338-2

바다를 늘 곁에 두고 보거나 만질 수 없고
바다의 향기를 담아 갈 수도 없어
두 눈에만 가득가득 넘치도록 담는다.

■바람의 언덕, 경상남도 거제시 남부면 갈곶리 산14-47

바람의 언덕에서 소리가 들린다.

계절이 바뀌는 소리, 사랑하는 이들 속삭임

구름도 엿들으려 가던 길을 멈춘다.

■사자바위, 경상남도 거제시 남부면 갈곶리 산14-1

세월이 흘러 삶의 어느 날 그리워

기억의 부스러기들 주워 담을 때가 돼도

사자바위 실핏줄까지 생각날 겁니다.

■해금강 일출, 경상남도 거제시 남부면 갈곶리 산14-1

사람들은 가짜 뉴스를 밥 먹듯 퍼뜨린다.

해는 하얗고 하늘이 빨간데

오늘도 붉은 해가 뜬다고 새빨간 거짓말을 한다.

■외도 보타니아, 경상남도 거제시 일운면 와현리 산109

하늘 위에 있던 정원이 바다 위에 둥둥.

봄이 예쁘다, 여름에 더 예쁘다.

예쁜 것들이 다투는 것도 예쁘다.

■흑진주몽돌해수욕장, 경상남도 거제시 동부면 학동리 702-2

때로는 거세게, 어떤 때는 아양 떨 듯
서로가 아픔 참으며 고루고루 입을 맞춰
동글동글 아름다운 보석으로 빛난다.

■흑진주몽돌해수욕장, 경상남도 거제시 동부면 학동리 702-2

난 아직 사랑에 서투른가 봐.
네 눈동자에 잔물결 찰랑이면
내 가슴으론 노도 되어 밀려온다.

■고촌방파제, 경상남도 거제시 동부면 학동리 150-2

엊저녁 같은 차를 타고 이곳에 함께 왔다.
아침에 떠날 때 저마다 바구니 무게가 다르다.
어쩌나 울어도 화를 내도 이것이 인생인걸.

■장목방파제, 경상남도 거제시 장목면 장목리 319-40

하늘에 흰 구름, 바다엔 하얀 배.
하얀 등대 아래 하얀 강아지가
검은 옷 입은 사람 보고 왈왈.

■등대, 경상남도 거제시 사등면 성포리 325-5

울 엄마 떠나 나 슬플 때 너 어디 있었니.

나 길 잃어 방황할 때 너 어디 있었니.

너 길잡이 등대 맞니?

■옥포조선소, 경상남도 거제시 옥포동 1918-3

미치지 않으면 미치지 못한다(不狂不及) 주절거리며

뜨겁게 끓었던 이 땅에 광풍은 잦아들고

맹렬하게 살아온 그때 그 시절 사그라진다.

■거가대교, 경상남도 거제시 장목면 유호리 산85-2

잊어 보자, 한 달만.
아니, 네가 저만치
안 보일 때까지.

■진두방파제, 경상남도 거제시 사등면 창호리 2096-1

태양은 뜰 때와 질 때 두 번 아름답다.
사람도 두 번 아름다워야 한다.
올 때와 갈 때.

■ 거제대교, 경상남도 통영시 용남면 장평리 64-3

인생을 쫙 펼쳐 살아온 걸 접어 보니
남은 건 코딱지만 해 애석하다.
거덜 날까 감춰도 세월이 야금야금 갉아먹는다.

■법동마을, 경상남도 고성군 동해면 양촌리 149-5

멀쩡한 배가 어지러운 카오스로 반영된다.

그러나 혼돈과 무질서한 카오스는

또 다른 질서와 탄생의 근원이 되기도 하지.

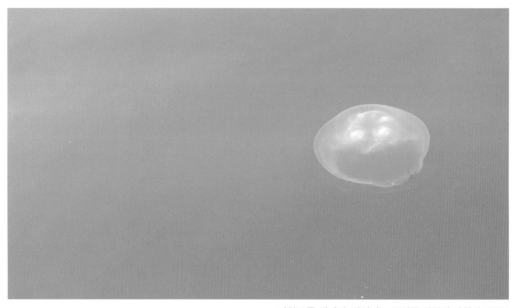

■당항포구 해파리, 경상남도 고성군 회화면 당항리 526-1

적당히 배려해라. 너무 다가가면 쏘인다.

착한 사람 되려다 우스운 사람 되고

지나치게 헌신하다 헌신짝 된다고들 하잖아.

■봉동리, 경상남도 고성군 회화면 봉동리 159-3

자기들끼리 부딪혀 반짝여 주는 봉동리 앞바다.

그림 같은 섬에 해 저물면

하늘에서 팅커벨 내려와 생금 가루 좌르륵.

■내포리, 경상남도 창원시 마산합포구 구산면 내포리 51-3

하늘도 타고 바다도 부글부글 끓는다.

뜨거운 불 속에서 뛰쳐나온 아저씨,

사랑이 넘치는 가족 곁으로 달려간다.

■이별, 배진호 작, 부산광역시 사하구 하단동 1151-14

빈 막걸리 병 옆에 구겨진 로또복권 한 장.

시리도록 아픈 기억 함께 싸 가지고 떠나렴.

이깟 세상 박명의 시간들 돌아봐 뭐 해.

■낙동강 철새, 부산광역시 사하구 다대동 1548-1

낙동강이 먼 길 흘러와 풀등 지나 바다 된다.

하늘은 강보다 바다에 가까이 내려왔다.

철새들 잔머리 굴린다. 강에 붙을까, 바다에 붙을까.

■ 다대포해수욕장, 부산광역시 사하구 다대동

여름이 왜 이리 짧으냐며 외롭다 투덜투덜.
여신도 사람처럼 변화에 저항하면서 고통받는다.
아무리 아파도 변할 것은 변함없이 변한다.

■ 자갈치시장, 부산광역시 중구 남포동 5가 92

자갈치시장에는 갈치만 파는 것이 아니었어.
꿈도 팔고, 낭만도 팔고, 사랑은 덤이야.
그뿐이랴, 부산 갈매기가 교대로 영접도 한다.

■흰여울문화마을, 부산광역시 영도구 영선동4가 605-3

영도다리 난간에서 초승달 보며 동생 찾던 오빠,
국제시장 간스메 장사, 광복동 슈샨보이 모여 만든
흰여울문화마을 천정엔 아직도 눈물이 샌다.

■흰여울길, 부산광역시 영도구 영선동4가 605-5

언덕 위에 쓰리고 슬픈 사연 덩어리
눈물에 쓸려 내려 흠뻑 젖은 흰여울길.
파도 소리에 섞여 펑펑 울음소리 들린다.

■신선바위, 부산광역시 영도구 동삼동 산29-1

신선들이 노닐던 신선바위가 심상치 않다.

저 아래 바위틈에서 선녀의 신음 소리 들려

찢어진 옷자락 들이대도 시치미 뗀다. 신선인데.

■태종대, 부산광역시 영도구 동삼동 947-1

어르신 돌아앉아 왔던 길 돌아보고,

소년은 앞을 보고 갈 길을 그린다.

정류장의 두 사람 깊어 가는 밤이 얄궂다.

■해파랑길 기점(起點) 오륙도, 부산광역시 남구 용호동 937

자기들 여섯 개 보고, 사람들 다섯 개만 본다고
오륙도 사는 섬 갈매기들 끼룩끼룩 놀려 대며
송곳섬에 해 비칠 때까지 잠시 기다리란다.

해파랑길

　서해안, 남해안을 지나 이제 동해안을 따라 올라간다. 부산의 오륙도는 우리나라 둘레길 세 곳 중 하나인 해파랑길로 올라가는 시점이고, 내려오는 코스의 종점이다. 부산 오륙도에서 고성 통일전망대까지 50개 구간 총 750km의 코스다. 많은 사람들이 이 길을 걸으며 도장을 찍고 모아 증명서도 받고 기념품도 받는다. 고행의 대가로는 턱없이 부족한 보상이다.

　바닷가 길을 걷는 또 다른 사람들 중에는 목적지에 다다르기도 전에 이미 커다란 선물을 받는 사람들이 있다. 바다와 하늘이 그려 낸 명작에 홀려 사색할 여유도 없는 사람들이다. 해안가 굽이굽이 돌 때마다 자연이 기적 같은 묘기를 보여 주어 가슴이 뭉클해 본 경험을 이미 큰 상으로 받았는데, 부상으로 엄청난 광경을 눈과 가슴에 맘껏 담아 가도 된단다.

■광안대교, 부산광역시 남구 용호동 965

커다란 백룡이 수영만 건너 광안리로 간다.
천둥 닮은 용트림에 뜨던 해도 멈칫.
오늘 온 세상에 좋은 일이 생겼으면 좋겠다.

■광안리해수욕장, 부산광역시 수영구 광안동 1306-2

앞으로 홀가분하게 살겠다며
쓸 만한 물건까지 다 버리고 비우더니
가슴속에 머릿속에 가득 담아 채운다.

148

■민락항, 부산광역시 수영구 민락동 110-19

태풍 매미가 들어다 올려놓은 바윗덩이.

제자리 찾아가라 해도 막무가내로 버틴다.

두고 봐라. 더 큰 놈 올라오면 분명 너는 깨진다.

■해운대해수욕장, 부산광역시 해운대구 우동 706-7

너와 함께 해운대의 옛 모습도 사라졌구나.

죽기 전에 꼭 묻고 싶다.

그날 해운대 분식집 떡볶이 맛있었냐고.

■청사포방파제, 부산광역시 해운대구 중동 591-15

물고기 달아날까 할머니 조용조용

곧추세운 까치발로 살금살금 마실 가신다.

물결까지 잔잔해 물고기마저 잠이 든다.

■해동용궁사, 부산광역시 기장군 기장읍 시랑리 산81-1

당신의 자비 담기에 내 그릇 너무 작아

바다를 빌려 잔뜩 모았다가

사랑 필요한 사람들과 함께 나누렵니다.

■드림세트장, 부산광역시 기장군 기장읍 죽성리 30-36

작은 교회당 찬 마룻바닥에 엎드려
눈물에 얼굴 묻고 어머니 떠나실 때 박힌 가시
아직 안 뽑혀 가슴속 쪼아 댑니다.

■칠암리방파제, 부산광역시 기장군 일광면 칠암리 2-14

칠암리 해녀 욕심으로 바구니 채우지 않는다.
적다 울지 않고, 많다 촐랑대지 않는다.
파도가 염병 떨어도 해녀는 바다를 존중한단다.

■기장군, 부산광역시 기장군 장안읍

개가 무서운데 손님이 어이 오겠소.

그러니 술이 쉬지요.

송대(宋代) 양천의 구맹주산(狗猛酒酸) 옛 얘기만 아니구나.

■신암리 정자, 울산광역시 울주군 서생면 신암리 278

정자만 보면 쐬주 생각.

회를 봐도 쐬주 생각.

앗싸! 정자 앞에 회 판다.

■간절곶, 울산광역시 울주군 서생면 대송리 산110-22

그 많은 눈물과 웃음을 쏟아부었는데

그 이름 닳도록 부르고, 썼는데

왜 지금 내 주소록에는 네 이름이 없을까?

■슬도, 울산광역시 동구 방어동 948-2

거문고 소리 들린 데서 슬도에 왔다가

파란 하늘 푸른 바다 사이

새털구름 펼쳐진 하늘만 쳐다보다 간다.

■방어진, 울산광역시 동구 방어동 948-1

누가 내 곁에 있다 떠나면 허전하던데
너는 모두 떠나 잊혀도 외롭다 울지 않는구나.
오호라, 너는 바라는 것 없으니 서운함도 없겠지.

■대왕암, 울산광역시 동구 일산동 905-7

문무대왕 넋 호국대룡 되어 나라 지키는데
사람들 대왕암에 몰려 와글와글 북적북적.
대룡은 시끄럽다 승천하고 요즘은 대왕암이 용 됐다.

■주전캠핑장, 울산광역시 동구 주전동 산211-2

얘들아, 고맙다.

뭐가요?

나에게 던지지 않아서.

■정자항, 울산광역시 북구 구유동 325-2

하늘도 바다도 무섭도록 고요하다.

등대도 갈매기도 장고에 들어갔다.

생각이 너무 길면 약보다 병이 되는데.

■강동화암주상절리, 울산광역시 북구 정자동 620-14

사람은 누구를 미워도 하고 기꺼이 용서도 하지만

상관하지 않는 것이 어려워 상관없어도 상관하는데

갈매기가 똥을 싸도, 파도가 소란해도 서로 상관하지 않는다.

■신명방파제, 울산광역시 북구 신명동

서러움 탈탈 털어 바다 멀리 띄워 보내니

파도가 덥석 받아 매정하게 되돌려 준다.

화난 갈매기 "파도는 물러가라!" "물러가라!"

■부채꼴주상절리, 경상북도 경주시 양남면 읍천리

누워 있는 부채꼴 양남 주상절리
거대한 조물주의 걸작인데
까딱하다 이걸 못 보고 죽을 뻔했네.

■부채꼴주상절리, 경상북도 경주시 양남면 읍천리

얼마나 아픈지 내가 만져도 모르더구나.
상처는 아물어도 흉터 남아 쓰릴 텐데
탄식을 밟고 이 봄도 어벌쩡 지나간다.

다른 등대는 피해 가라 불 켜는데
너는 어찌 불나방 부르듯 교기를 부리나.
배들 널 보고 예쁘다 달려들면 어쩌려고.

■감포항, 경상북도 경주시 감포읍 감포리 504-39

■ 문무대왕릉, 경상북도 경주시 문무대왕면 봉길리 30-1

졸고 있던 갈매기 나를 보고 화들짝.

문무대왕 경호원들이 부산하다.

파도도 소매 걷고 다가오지 말라 겁을 준다.

언놈은 늦잠 자고 언놈은 아침부터 법석인다.

새들은 안다. 일찍 일어나야 벌레를 잡는다는 걸.

벌레도 안다. 늦게 나가야 안 잡힌다는 것쯤.

■양포말등대, 경상북도 포항시 남구 장기면 계원리 1-4

잡초마저 귀향 오기 싫어하는 외딴곳.

반목질시보다 아픈 무관심에 슬픈데

벌거벗은 하얀 등대 흰 구름이 덮어 준다.

160

■ 장기일출암, 경상북도 포항시 남구 장기면 신창리 140-2

장기천 끝자락 지나 동해바다 빠지는 곳.

네 옆에서 널 보는 내가 믿기지 않는다.

육당 선생 꼽은 조선 십경(十景) 빈말 아니구나.

■ 구룡포, 경상북도 포항시 남구 구룡포읍 병포리 471-5

고립된 상황에서 탈출하려고 큰 파도를 기다린다.

큰 파도가 왔다가 나갈 때 수심이 가장 낮아진다며

위험을 피하고는 안위(安慰)를 얻을 수 없다 하신다.

161

■병포리, 경상북도 포항시 남구 구룡포읍 병포리 66-4

파도야, 더 큰 소리 내며 밀려와 주렴.
내 울음소리 우리 식구 듣지 못하게.
더 크게 밀려와 아픈 설움까지 쓸어 가 주렴.

■관풍대, 경상북도 포항시 남구 구룡포읍 삼정리 960-19

세월은 머무르지 않지만 서둘지도 않는데
무에 그리 바빠 쉴 사이 없으시나요.
봄이라도 어서 와 양지 찾지 않으시면 좋겠다.

162

■상생의 손, 경상북도 포항시 남구 호미곶면 대보리 234-20

상생하라고 두 손 만들어 세웠더니

사람들 바다에 서 있는 새똥 묻은 오른손에만 와글와글.

광장의 왼손 홀로 이것이 상생이냐 투덜투덜.

■독수리바위, 경상북도 포항시 남구 호미곶면 구만리 491-7

비상하지 못하는 독수리야, 넌들 대충 살았겠니.

절박할 때도 있었고 뜨겁게 사랑하며 살았겠지.

어찌 돌 되었는지 까닭이나 들어 보자.

■얼굴바위, 경상북도 포항시 남구 호미곶면 대동배리 산1-3

호미곶 얼굴바위 조물주가 만들었다고 해도 그렇지,
사람도 사람 되기 어렵거늘 돌이 어찌 사람 되려 하는가.
허튼 생각 말고 해파랑길 오가는 이 안전이나 지켜 주게.

■킹콩바위, 경상북도 포항시 남구 동해면 흥환리 643

인간들 피해 영일만 후미진 곳 숨었는데
우야노, 하필이면 호랑이 꼬리 호미곶인 걸.
꼬리 밟은 킹콩 고육지책으로 바위 됐다네.

■포항종합제철, 경상북도 포항시 남구 동해면 입암리

그때 그 용광로에서 이 나라도 함께 녹아

새로운 역사를 만들고 역사는 전설이 되어 갑니다.

그때 나도 함께 있었다는 것이 뿌듯합니다.

■영일만, 경상북도 포항시 북구 두호동 66-1

금요일 아침에 운동을 다녀오면 기분이 좋다.

토요일과 일요일은 아침 운동을 쉬기 때문이다.

내가 정한 룰에 얽매여 바보처럼 살고 있다.

■송도해수욕장, 경상북도 포항시 남구 송도동 378-438

갈팡질팡하던 때의 송도 밤바다가 어렴풋하다.
백사장 멀리 갈가리 찢긴 내가 내게로 걸어오고
나 울리고 저도 울던 그 소녀가 힐끔 보고 스쳐 간다.

■어머니, 강관욱 작, 경상북도 포항시 북구 환호동 352

아버지 드리려 숨겨 둔 연시 하나 훔쳐 먹고
두려움보다, 미안함보다 날 아프게 한 사람.
알고도 모른 척했던 엄마였어.

166

■돈키호테, 성동훈 작, 경상북도 포항시 북구 환호동 352

대체 누가 미친 거요?
이룰 수 있는 세상을 상상하는 내가 미친 거요,
세상을 있는 대로만 보는 사람들이 미친 거요?

너무 합리성만 고집하다가 네 영혼이 파괴된다.
때로는 비합리적인 믿음이 더욱 강할 수 있다는
400년 전 돈키호테의 외침이 지금 더 와닿는다.

■우목항, 경상북도 포항시 북구 흥해읍 우목리 321

착한 오리야, 우짖거나 미워하지 말거라.

네 몫은 따로 남기고

나는 이제 곧 은가루 반짝이는 바다로 가야 한다.

■용한해수욕장, 포항시 북구 흥해읍 용한리 1-5

기다리던 파도를 타고 바다 위를 미끄러져 온다.

절정은 짜릿했으나 이내 몸을 맡긴 파도가 삼킨다.

누가 누구를 가지고 논 것인지 당최 모르겠다.

■오도리간이해변, 경상북도 포항시 북구 흥해읍 오도리 325-2

봤지.

내가

엄마다.

■장사상륙작전전승기념관, 경상북도 영덕군 남정면 장사리 100-1

죽음은 동등해도 가치는 다르다는 사마천 가라사대

그대들은 깃털보다 가벼운 죽음이 아니고

태산같이 무거운 죽음이니라.

■ 해녀마을, 경상북도 영덕군 영덕읍 대부리 280-4

대부리 해안가에 새집을 장만했다.

바다가 딸려 왔고 향기가 배어 있다.

딸려 온 하늘에는 명화도 걸려 있다.

■ 경정항, 경상북도 영덕군 축산면 경정리 402-7

어떻게 살았는지, 어찌 살 건지 관심도 없으면서

열정을 다하는 모습이 아름답다고?

겨울 바닷바람 얼마나 매운지 알기나 하니?

170

■죽도산, 경상북도 영덕군 축산면 축산리 산113-1

엄마 품인 듯 포근한 죽도산에서

오늘은 발뒤꿈치 물집 터트리고

해 질 녘까지 마누라와 이바구할 생각입니다.

■고래불해수욕장, 경상북도 영덕군 병곡면 병곡리 195-12

생각을 충분히 숙성시켰는가?

생각한 대로 할 거면 목숨을 걸고

생각한 대로 안 할 거면 망상이니 버리시게.

■황금대게공원, 경상북도 울진군 평해읍 거일리 282-4

아무리 바다가 싫어져도 그렇지,
예가 어디라고 함부로 기어 올라오니?
여기는 사람들의 이승이고 너희들 저승이란다.

■산포리해변, 경상북도 울진군 근남면 산포리 산117-3

힘들게 올라왔다고, 좀 더 머무르고 싶다고
한 번 오른 계단을 내려오지 않을 재간이 없다.
내려올 땐 다른 근육이 작용하는 것을 느껴 봐.

■ 은어다리, 경상북도 울진군 근남면 수산리 178-13

날 밝기 전 살금살금 남대천 은어다리 건너는데
화들짝 놀란 은어들 부랴부랴 흰 살을 가린다.
꼭 지켜 달란 이 비밀은 저녁나절 소문이 되었다.

■ 공세항, 경상북도 울진군 울진읍 연지리 80-3

하나둘 떠난대도 붙잡을 수 없었고
끝 모를 서러움 안고 발 구를 때는
모욕보다 처절한 동정까지 고마웠다.

■현내방파제, 경상북도 울진군 울진읍 연지리 80-8

북풍한설 나 누우려 찾아온 이곳이

들키고 싶어서 숨을 곳으로 아주 딱이다.

맘에도 없는 욕설 씨불이고 훌쩍인다.

■대나리방파제, 경상북도 울진군 울진읍 연지리 1-23

미역 건져 망태에 담는다.

마음 모아 한곳에 담는다.

우정 나눠 가슴에 담는다.

바닷물 아무리 흔들고 보채 봐라.

복에 겨운 사연 몇백 개쯤은 거저 삼킨다.

믿을 건 오직 자신뿐인 걸 알기 바래.

폭정이 있는가, 호랑이가 사는가.

역병이 창궐한 것도 아닌데

거기서 여기까진 어쩐 일이래?

■비화항, 강원도 삼척시 원덕읍 노곡리 비화진길 177

해가 빠질 때는 담아 주고
해가 솟을 때는 올려 주고
내가 슬플 때는 토닥토닥.

뱃고동 소리가 상여 끄는 종소리 같다며
비 맞은 만장 옆에서 숨죽여 오열하던 너희들
요즈음 그곳 북망산은 어떠니?

■노곡항, 강원도 삼척시 원덕읍 노곡리 83-16

■ 수로부인헌화공원, 강원도 삼척시 원덕읍 임원리

객리에 이고 진 짐은 물먹은 듯 무겁고
사는 것이 청양고추인 듯 충분하게 맵다.
먹구름 걷힐 때까지 숨어 울고 싶구나.

■ 신남해수욕장, 강원도 삼척시 원덕읍 갈남리 680

세상엔 온통 기다림 가득하다.
하늘은 구름을, 바다는 바람을 기다리고
등대는 밤을, 나는 너를 기다린다.

■ 갈남방파제, 강원도 삼척시 원덕읍 갈남리 99-2

바닷가에 즐비한 글 없는 어록들
기도보다 설교보다 자상하다.
그뿐이랴, 간이 배어 맛도 제대로다.

■ 갈남항, 강원도 삼척시 원덕읍 갈남리 99-1

바다가 샘이 많아 둘을 갈라놓았구나.
태고부터 자랐어도 손 한 번 잡지 못해
소낭구가 여며 주겠다고 100년만 더 기다리란다.

■장호항, 강원도 삼척시 근덕면 장호리 1

파도 소리 저리 슬픈 건 필시 사연 있을 거야.

바람 소리 저리 조용한 것도 사연 있을 거야.

장호해변 바위 여기 서 있는 사연 있을 거야.

■용화해수욕장, 강원도 삼척시 근덕면 용화리

검은 구름 누르고 바람이 밀쳐

밤새 파도에 시달리며 아파하더니

아침에 결국 핏빛을 뿌리누나.

180

■삼존불상, 강원도 삼척시 근덕면 초곡리 257-1

초곡항 삼존불상 누운 지 수만 년
바다가 뒤집어지면 일어서시려나.
세상이 뒤집어져야 일어서시려나.

■덕산방파제, 강원도 삼척시 근덕면 덕산리 4-12

먼 바다 지나 얼마나 어렵사리 예까지 왔는지
왜 바위에 머리를 처박는지 일러 줘도 모른다.
무지렁이 절벽은 모른다. 절벽이라서 모른다.

■덕봉산, 강원도 삼척시 근덕면 덕산리 산136

오늘이 내일 되어 다시 오겠다는데도
산머리 덮었던 구름이 한사코 해 따라 빨려 간다.
비위 맞추기 버겁다며 덕봉산이 고개를 살랑인다.

■덕산리, 강원도 삼척시 근덕면 덕산리 산136

손짓을 해도 다가가지 못한 나약함 지르밟고
물 들어올세라 서둘러 외나무다리 건너가는데
아직도 오작교 건너는 견우인 듯 마음 설렌다.

■맹방, 강원도 삼척시 근덕면 하맹방리 221-13

사랑받아 행복한 이 사람,

사랑 주어 행복한 그 사람,

그 사람이 이 사람, 이 사람이 그 사람.

■맹방해수욕장, 강원도 삼척시 근덕면 하맹방리 221-13

하늘에는 구름이 법석이고

바다에는 물결이 야단인데도

이 마음 왜 이리 텅 빈 듯 허전한가?

■하맹방, 강원도 삼척시 근덕면 하맹방리

물수제비뜬 놈, 파도를 발길로 찬 놈,
바다에다 쉬한 놈, 때 밀고 침 뱉은 놈
너희들 각오해라. 파도가 잔뜩 화났다.

■삼척해수욕장, 강원도 삼척시 갈천동 테마타운길 76

모래 위에 써 놓은 사랑 이야기를 파도가 지운다.
쓰면 지우고, 또 쓰면 또 지우고 달아난다.
파도야, 까불지 마라. 저 아이 어른 되면 너 어쩌려고.

■증산해수욕장, 강원도 삼척시 증산동 30-27

파도와 갈매기가 백사장까지 달리기한다.
갈매기는 자기들끼리 앞을 다투는데
푸른 바다 하얀 파도는 선두를 다투지 않는다.

■추암, 강원도 동해시 추암동 산69

서러움에 찌든 초라하고 너더분한 모습과
눈부시게 찬란했던 기억들이 함께 어울려
벌건 대낮인데 애무하듯 서로를 달군다.

185

추암 일출 눈부셔 하늘 보지 못하고
형제바위 정겨워 바다 보지 못하니
언제라야 두 눈에 다 담을 수 있을까?

■촛대바위, 경상북도 울릉군 울릉읍 저동리 42-8

저동항 촛대바위 불 켜지면
울릉도 오징어 배 불 꺼지고
성인봉 신령님 내려와 금 나와라, 뚝딱!

■북저바위, 경상북도 울릉군 울릉읍 저동리 30-3

처음 그리움은 예쁜 듯 시작한다.
아프지만 기다려 볼 만큼 그립다가
시간이 가면 흉터가 사라져도 아프다.

■퉁구미, 경상북도 울릉군 서면 남양리 산18-1

참 이상도 하지. 30년 전 기억이

어제 다녀온 거북바위 기억을 덮어 버린다.

그때는 그 사람과 함께 왔을 뿐인데.

■사동, 경상북도 울릉군 울릉읍 사동리 904-8

내 친구 소주 마시며 칭얼칭얼 청승 떤다.

오징어는 소주의 친구, 친구의 친구는 나의 친구.

씹을수록 제맛 난다며 친구가 친구를 씹는다.

하늘 못 간 세 선녀 이제야 떠날까.
남아 있는 나무꾼 오늘이 마지막인 양
남은 장작 다 쌓아 놓고 세상을 태운다.

■ 삼선암, 경상북도 울릉군 북면 천부리 산4-2

■ 관음도, 경상북도 울릉군 북면 천부리 산1

삶이란 그렇지 않나요.
늘 그립고, 늘 아쉽고, 늘 부족해도
정성을 다해 조금씩 채우며 살아야죠.

■현포리, 경상북도 울릉군 북면 현포리 315

성인봉 머물던 흰 구름 내려온다.

코끼리 유혹하러 내려온다.

송곳산은 붙잡고 삼선암은 째려본다.

■일선암, 경상북도 울릉군 북면 천부리

찬란하고 벅찬 기억들 불현듯 사라질지,

전주곡도 없이 장송곡을 들을지도 몰라요.

후회하지 말고 어서 사랑한다 말하세요.

■도동항, 경상북도 울릉군 울릉읍 도동리 23

어느새 온 곳으로 떠나야 할 시간이다.
핑계 모를 미련 남아 한숨짓는 내게
비가 다가와 묻는다. 더 머물러야 할 이유를.

■부채바위, 경상북도 울릉군 울릉읍 독도리

네가 아무리 멀고 후미진 곳에 있어도
사람들 인연 따라 오기도 하고 가기도 한다.
오든 가든 선 넘는 친절로 상처받지 말거라.

193

세 방향 동굴이 한곳에서 만나 삼형제굴바위.
심형제(沈亨濟)가 이름을 새겨서 심형제바위.
삼형제가 죽어 돌로 변해서 삼형제바위설, 설, 설.

■삼형제굴바위, 경상북도 울릉군 울릉읍 독도리 25

■대한봉, 경상북도 울릉군 울릉읍 독도리 20

홀로 있어 외로운 섬 독도라고 하지만
여든아홉 개 바위섬들 옹기종기 수다 떨고
괭이갈매기 손에 닿을 듯 가까이 달려든다.

■한섬해수욕장, 강원도 동해시 천곡동 731-77

파도와 물새의 협주곡 들어도 무료.
천지에 펼쳐진 이 명작 감상도 무료.
내가 이렇게 행복한데도 무료다.

■어달해변, 강원도 동해시 어달동 52-4

할 수 없이 남은 날에서 또 하루를 꺼냈다.
죽을 때 입는 수의에는 주머니도 없는데
너무 많은 날을 부귀와 영욕에 써 버렸다.

■망상해수욕장, 강원도 동해시 망상동 393-35

나는 겁쟁이가 아니다. 악마도 두 손 들었다.
나는 해병대다. 좀비의 괴성도 무섭지 않지만
비밀인데 혼자인 것 무서워 혼밥도 못한다.

■옥계해변, 강원도 강릉시 옥계면 금진리 799-16

던져도 후회, 안 던져도 후회.
바닷속은 미지(未知)이고
아직 긁지 않은 복권이 있다.

■썬크루즈, 강원도 강릉시 강동면 정동진리 50-162

바다에만 살다가 높은 곳 올라 바다를 본다.
위험하니 어서 내려오라 바다가 야단인데
큰 배는 바다에게 너도 한번 올라와 보란다.

■정동진 해돋이공원, 강원도 강릉시 강동면 정동진리

당신네 여자들은 별에서 왔다지요?
그림자 같아 다가가면 달아난대서 다가가지 못하고
금방 져서 꽃 같다 말 못 하니 오래도록 아름다우세요.

헤프다 안 할 테니 웃어 봐.

그래, 네가 웃으니 그렇게 예쁘잖아.

어라, 소나무 입꼬리도 올라가네.

오늘은 살짝 구름이 끼어도 좋겠네요.

오늘은 비가 간간이 내려도 좋겠어요.

오늘은 우리 둘이만 강릉에 왔걸랑요.

잊지 못할 순간은 누가 가져다주는 게 아냐.

바다에 올 때 미리 싸 가지고 온 것도 아냐.

내 운명을 사랑한다 크게 한번 외쳐 봐. "Amor Fati!"

■경포대, 강원도 강릉시 강문동 260-27

엄마는 존재만으로도 행복인 것을 재는 알까.

이 아름다운 모습을 보고 난 그만 울고 말았다.

딸보다 어린 엄마의 모습이 스쳐 가슴 찢어진다.

■경포해변, 강원도 강릉시 안현동 산1-9

사람은 모두 작품을 남기고 세상을 떠나는 작가다.
작은 명작이나 혹은 커다란 졸작을 남기고 떠난다.
죽어 가면서도 미완의 유작을 만지작거리다 떠난다.

■주문진항, 강원도 강릉시 주문진읍 주문리 312-512

하루도 부박하게 살지 않고
소중한 삶에 성심을 다하는 열정의 모습으로
가르침을 주는 이들에게 찬사로는 부족하지.

■사근진해변, 강원도 강릉시 안현동 43-1

다가서면 물러가고
물러서면 다가오고
아저씨가 밀당한다.

■순포해변, 강원도 강릉시 사천면 산대월리 산3-1

아침 바다 눈이 부서 못 떠나나
이별의 고통 무서워 못 떠나나
먼 별에서 온 우주선 안절부절.

■소돌항, 강원도 강릉시 주문진읍 주문리 791-47

파도에 제 살 깎이는 가련한 바위처럼
참고 또 참으면 아름다운 시간이 온다고
아파 보지도 않은 놈이 폼 잡고 떠든다.

■아들바위, 강원도 강릉시 주문진읍 주문리 791-48

소원 빌면 아들 난다는 아들바위.
한나절 떠나지 못하고 빌고 있네.
나 같은 아들 낳아 뭐 하시려는지.

■BTS 뮤비세트, 강원도 강릉시 주문진읍 향호리 8-55

기다리지 않아도 올 때 되면 오고
붙잡아도 갈 때 되면 떠난다.
왔다 가는 정류장에 나의 대역은 없다.

■지경리해수욕장, 강원도 양양군 현남면 지경리 22-18

이 아이가 오늘 강의를 해 주신 교수님이시다.
백사장 강의를 마치고 논문 과제를 내주셨다.
주제는 '인생에 있어서 순수가 행복에 미치는 영향'이다.

■남애항, 강원도 양양군 현남면 남애리 70-12

어머니 마음이 한결같아서
어머니 기도가 한결같아서
어머니 차라리 바위 됐나 봐.

■휴휴암, 강원도 양양군 현남면 광진리 2

쉬고 또 쉬라는 휴휴암 숨어 있어 더 쉬기 좋아
미움, 시기, 증오, 번뇌를 내려놓고 쉬라 하니
피곤한 걸리버도 휴휴암에 와서 낮잠을 잔다.

발자국

　참 오랫동안 멀리도 왔다. 종착지가 다가오니 벌써부터 아쉬움이 밀려온다. 이 여행이 끝나면 나는 내가 처음 떠나온 곳으로 되돌아가야 한다.

　짧은 것 같으면서도 긴 여행을 하는 동안 잠잘 곳을 못 찾아 두려울 때도 있었고 오지에서는 배를 곯기도 했다. 대신에 눈앞에서 바닷길이 드러나고 다시 바다로 변하는 기적의 바닷길도 걸었다. 밤으로부터 눈부신 일출과 함께 오는 아침을 받아 들고 새롭고 벅찬 환희도 느꼈다. 그러나 여행이 끝날 때가 되니 뿌듯함만큼 후회도 많은 것은 왜일까?

　광안리에서 카페 하는 친구와 소주라도 한잔하고 올걸, 장승포에선 왜 고래고기를 안 먹고 그냥 지나쳤을까, 구룡포에서 하루 더 머무르며 꽐라 한 번 돼 볼걸⋯. 삼포항 할머니 넋두리 들으면서 해삼 몇 마리 팔아 주고, 식당의 조선족 종업원에게 팁도 좀 줄걸⋯.

　후회할 겨를도 없이 이제 긴 여행은 끝나간다. 그동안 강아지와 물새들 따라 걷던 백사장의 선명한 발자국을 돌아본다. 저 발자국들은 금세 물결이 지워 나의 흔적은 사라지고 빛나는 백사장으로 변할 것이다. 갈매기도 다시 하늘을 날며 나를 새까맣게 잊고 새로 오는 이를 너 그렇게 맞이하겠지.

■하조대해수욕장, 강원도 양양군 현북면 하광정리 80-2

찌푸려 웃기려 말고 좀 웃어 봐.

잘 웃기는 사람보다

잘 웃는 사람이 훨씬 행복하거든.

■죽도해수욕장, 강원도 양양군 현남면 시변리 33

매사에 좀 더 적극적으로 살걸.

매일 좀 더 행복 위해 투자할걸.

쉬지 말고 더 많이 사랑할걸.

■낙산해수욕장, 강원도 양양군 강현면 주청리 1-5

낮설고 민망해서 못 본 체 돌아서는데
젊은이들 와자지껄 웃는다. 그제야 나도 따라 웃는다.
아~ 어느새 나는 꼰대가 돼 있었다.

■해수관음상, 강원도 양양군 강현면 전진리 산5-2

비우고, 내려놓고, 베풀고, 나누고
애쓰지 말고 물 흐르는 대로 살라시면
이달 카드 값은 어쩌라구요.

■설악항 해맞이공원, 강원도 속초시 대포동 178-4

상처나 아플 때 약을 줄 수 없어도
정에 허기져 푸근함이 그립다 하면
당신 따뜻한 손 한 번 잡아 주셔요.

■속초해수욕장, 강원도 속초시 조양동 1449-3

분노와 슬픔, 원망과 미움 다 합쳐 덤벼도
사랑 하나 이기지 못할 것을 알고 있다.
사랑을 퍼붓는 이들 곁으로 훗날이 지나간다.

■청초호, 강원도 속초시 청호동 1341-1

이승을 떠나 함께한 기억마저 여릿한데
예까지 따라와 둥지 틀고 미소 짓는 사람아
내가 못 잊는 거니, 네가 못 잊는 거니?

■등대전망대, 강원도 속초시 영랑동 1-3

몸은 속초에 와서 마음은 종로를 오가고
몸은 혼자 와서 마음은 회의실에 있다면
그냥 서울로 돌아가서도 좋습니다.

■아야진해수욕장, 강원도 고성군 토성면 아야진리 230-12

늙지 않을 줄 알았던 그 시절로 되돌아가고 싶진 않다.

오늘 같은 날 또다시 올 거 같지 않고

시린 날 또다시 오면 견뎌 낼 자신이 없다.

■문암항, 강원도 고성군 죽왕면 문암진리 134-37

짓궂은 조물주님이시여

뭘 훔쳐보려 구멍을 뚫으셨나요?

빨간 등대 하얀 등대 사랑 나누는데.

■ 백도, 강원도 고성군 죽왕면 문암진리 산20

그날은 백도에 비가 오더니 오늘은 바람이 셉니다.
당신 슬픈 표정 파도에 엉켜 부서져도
백도에 건너간 내 영혼은 발이 묶였답니다.

■ 문암해변, 강원도 고성군 죽왕면 문암진리 581-1

말이 많아도 흉, 적어도 흉이고
돈이 많아도 흉, 적어도 흉이라.
괜한 흉보는 너, 최고로 흉하다.

■ 서낭바위, 강원도 고성군 죽왕면 오호리 산24-1

오지 않을 사람 기다리지 말고 잊으라 하니
잊으려 애쓰면서 넉넉하게 아팠다며
차라리 기다리는 것이 한결 덜 아프단다.

■ 거진해맞이전망대, 강원도 고성군 거진읍 거진리 산105

일출은 구름 속에 숨어도 멋진 하루 올라오는데
잡념도 스멀스멀 따라와 온몸에 찰싹 달라붙는다.
술을 부어도, 친구들이 떼려 해도 소용이 없다.

■초도방파제, 강원도 고성군 현내면 초도리 1-2

여행을 마치고 서울 가도 당신은 바다를 지키겠지요.
해삼, 멍게 놓고 소주로 추억 넘길 때 생각날 겁니다.
혹시 아나요, 피그말리온 신화처럼 우리 살아 만날지.

■초도항, 강원도 고성군 현내면 초도리 1-2

날개 젖어 날지 못하는 가마우지야,
산란기 아니라서 울지도 못하는 가마우지야,
서러워 마라. 나도 너처럼 날지도 울지도 못한다.

■명파해수욕장, 강원도 고성군 현내면 명파리 230-26

싸늘한 긴장 지대 오늘따라 음습한데
서슬 퍼레 노려보는 흉물스런 철조망을
나비 한 마리 혼자 자유롭게 넘나든다.

■통일전망대, 강원도 고성군 현내면 마차진리 188

한 발짝도 더 갈 수가 없다.
억장이 무너져도 갈 수가 없다.
지금은 여기가 끝이란다. 지금은.

216

난 모르겠다

조금 전 지나온 해안과 다르지 않고 다르지 않는 사람들끼리 마주 보고 보초를 서서 길을 막는다. 땅이 갈라진 것도 아닌데 금 한 줄 그어 놓고 갈 수가 없는 이유를 난 모르겠다.

이승만 기념관, 김대중 기념관, 김영삼 생가, 김일성 별장도 모두 바닷가에 있어 둘러보며 때론 울컥하기도 했다. 이분들 하늘나라에서 함께 앉아 형님, 아우 박장대소하며 만찬을 즐기고 있는데 바보 같은 인간들만 이를 가는 건 아닌지 난 모르겠다.

■금강산, 삼일포, 해금강

아직 끝나지 않은 여정

　지금은 그나마도 갈 수 없는 금강산을 갔을 때 해안가 삼일포와 해금강을 둘러본 풍경이 벌써 아련한데 민간인 통제구역에서 빤히 보이는 이곳을 가지도 오지도 못한다. 강산이 변한다는 10년도 더 지났으니 휴전선 넘어 해금강과 삼일포의 모습도 많이 변해 있겠지.

　제한된 구역에 안내를 받으며 본 곳이지만 여기저기 선전구호를 빼면 이곳과 다를 바 없는 아름다운 곳들. 다시 가 볼 때가 언제일지 모르겠지만 생각지도 않은 어느 날 밤 혹은 아침에 홀연히 그날이 올 것을 나는 믿는다.

혼자 보기 아까운 우리나라 바닷가

아름다운 금수강산의 가장자리를 빙 돌아 긴 여정을 마치면서 그렇지 않아도 마음이 축축한데 마치 각본에 있던 것처럼 마지막 순간에 제법 큰 비까지 내린다.

언제나 그랬듯 일을 끝낸 후에 오는 허탈감은 이번에도 여지없이 찾아와 잠시 실어증 환자가 됐다. 그러나 얼마 후 나는 또 떠날 거다. 생각이 안 나면 기억하러 떠나고, 안 잊히면 잊으러 떠난다. 여행이 지식을 주거나 물질을 주는 것은 아니지만 떨어져야 튀어 오르는 공처럼 그저 세상에 나를 빠트려 보면 내가 살아 있음과 새로워짐을 느낀다.

여행을 마치고 트레킹 코스에 맞춰 가며 그동안 찍었던 사진을 정리하는데 마음 한구석 자꾸 거슬리는 것이 있다. 좀 더 여유롭게 다녔다면 더 좋은 여행이 되었을 것을 바다가 어디로 달아나지도 않을 텐데 바닷가를 주름 접듯 달려온 것 같아 아쉽다. 나는 매사에 급하고 서두르면서 이 책을 보는 이들은 천천히 여유 있게 보아 주기를 바라는 것은 또 무슨 이기적인 욕심인가?

사진을 고를 때는 잘 찍힌 사진보다는 우선 지역적 안배를 중시하고 초상권에 저촉되는 인물사진은 가급적 배제하였다. 부두에서부터 나를 따라오던 잡종견 사진도 개 주인이 어른거려 제외하고, 외딴집 담벼락에 걸린 빨래도 속옷이 보여 제외하니 정말 하늘과 바다만 남는 것 같다.

각 곳에서 뽑힌 사진에 설명을 다 쓰고 모아 보니 글들이 내가 모병한 350여 명의 병사 같다는 생각이 들며 한편 미안한 마음이 드는 것은 내가 단지 경험했다는 이유로 잔소리를 늘어놓은 것 같아서다. 게다가 훈련 기간이 짧아 나름대로 자기의 임무를 다하지 못할 것이 염려되기도 하지만 다행히 글들은 혼자가 아니라 사진과 함께하니 마음이 조금은 놓인다.

나는 긴 시간 해안가를 걸었어도 또다시 바다에 가고 싶다. 가고 싶은 곳이 있다는 것만으로도 행복하지만 짭조름하게 간이 밴 이 바다 이야기를 들어 주고, 혼자 보기 아까운 바닷가를 함께 걸어 줄 사람이 있다면 더욱 행복하겠다.

작가 이성구는 홍익대학교 미술대학과 한양대학교 대학원을 졸업하고, 연세대학교 대학원 최고위과정과 삼성그룹 CEO 교육과정을 수료하였다. 또한, 숙명여자대학교 겸임교수를 역임하며, 제일기획에서 전무이사로, 농심기획에서 대표이사로 활동하였다.

작가는 현재 한국미술협회 서양화가로 활동하며 10여 회의 그룹전과 인사동 라메르에서 개인전을 비롯, 조형갤러리 등 전쟁기념관에서 '기증 작품 특별전'을 열었으며 2020년에 '어머니'를 주제로 전시회를 가졌고 2023년 가을 '바다'를 주제로 열 번째 개인전을 연다.

저서
『광고에서 창의력을 배운다』, 270P, 나남출판사.
『광고·크리에이티브전략』, 560P, 나남출판사.
『혼자 보기 아까운 우리나라 바닷가』, 224P, 도서출판 좋은땅.

■ 학성리해변, 45.5 cm×60.6 cm, Oil on Canvas, 2023

혼자 보기 아까운
우리나라 바닷가

ⓒ 이성구, 2023

초판 1쇄 발행 2023년 12월 1일

지은이   이성구
펴낸이   이기봉
편집   좋은땅 편집팀
펴낸곳   도서출판 좋은땅
주소   서울특별시 마포구 양화로12길 26 지월드빌딩 (서교동 395-7)
전화   02)374-8616~7
팩스   02)374-8614
이메일   gworldbook@naver.com
홈페이지   www.g-world.co.kr

ISBN   979-11-388-2385-2 (03810)

• 가격은 뒤표지에 있습니다.
• 이 책은 저작권법에 의하여 보호를 받는 저작물이므로 무단 전재와 복제를 금합니다.
• 파본은 구입하신 서점에서 교환해 드립니다.